너는 우연한 고양이

문지 에크리
너는 우연한 고양이

펴낸날 2019년 7월 9일
지은이 이광호
펴낸이 이광호
주간 이근혜
편집 김필균 이민희 조은혜 박선우
펴낸곳 ㈜문학과지성사
등록번호 제1993-000098호
주소 04034 서울 마포구 잔다리로7길 18(서교동 377-20)
전화 02)338-7224
팩스 02)323-4180(편집) 02)338-7221(영업)
전자우편 moonji@moonji.com
홈페이지 www.moonji.com

ⓒ 이광호, 2019. Printed in Seoul, Korea

ISBN 978-89-320-3551-2 03810

이 도서의 국립중앙도서관 출판예정도서목록(CIP)은 서지정보유통지원시스템 홈페이지
(http://seoji.nl.go.kr)와 국가자료공동목록시스템(http://www.nl.go.kr/kolisnet)에서
이용하실 수 있습니다. (CIP제어번호: CIP2019025151)

너는 우연한 고양이

이광호

문학과지성사

차례

III 모든 고양이의 시작

I

고양이로부터 고독은

고독

고독이란 신비한 사건이다. 어떤 존재와 가깝다고 느끼는 이유는 알고 있다고 믿기 때문이다. 하지만 무엇에 대해 알고 있는가? 모든 살아 있는 것들은 비밀스럽고 그 죽음조차 그렇다. 그리고 고독에 대해서 말한다는 것은 고양이에 대해 말하는 것과 유사하다.

오후 4시 햇살의 밀도는 흰 장모종 고양이의 털 밀도와 거의 같아진다. 햇빛과 베란다 창살의 그림자가 기하학적 무늬를 만들어내는 카펫 위에 너는 잠들어 있다. 반짝거리는 털에는 햇볕의 냄새가 묻어 있다. 풍성한 하얀 털은 빛의 입자를 서로에게 반사시키며, 털 사이의 음영을 지워버린다. 햇빛은 너의 발끝으로 내려가면서 더 상냥해진다. 흰 털을 조심스럽게 쓰다듬으면 너는 이 잠 속으로 함께 들어올 수 있는가 하는 눈빛을 보낸다. 너를 만지려면 긴 털의 부피와 몸통의 표면 사이에서 적절한 깊이를 찾아내야 한다. 더할 나위 없는 온기. 투명한 파란빛의 수정체가 햇빛에 잠깐 노출되는 순간은 비밀스럽다. 저 오묘한 눈동자가 어떤 영혼의 현현이라고 순간적으로 믿게 된다. 너의 표정은 권태롭기보다는 무심하다. 그 무심함에 매혹되어 잠깐 머뭇거린다. 오후는 유리알처럼 자명하고 너의 침묵은 거의 완벽하다.

순하고 깊은 잠을 잘 수 없는 새벽에는 선잠에서 일어나 거실로 나와야 한다. 근시의 눈이 어둠 속에서 베란다 쪽으로 등을 보이고 앉아 새벽의 낮은 불빛들을 바라보고 있는 형체를 발견한다. 인기척에 천천히 이쪽을 돌아다볼 때, 너의 눈에서 나오는 기이한 광채는 이방인을 처음 대하는 원주민의 눈빛과 같다. 멈칫거리며 너에게 다가가지 못하는 그 순간, 너와의 거리는 영원히 가까워질 수 없음을 깨닫게 된다. 너는 여전히 수상하고 알 수 없는 존재로 남는다.

검은 실 뭉치로 쌓아올린 실루엣.

점멸하는 불빛들의 무지

아직 살아 있는 척한다.

보리

너의 이름은 보리이다. 그 이름을 붙여준 것은 어감 때문
이었을 것이다. '보리'라는 소리가 가진 친근함과 사소한
따뜻함. 이를테면 고양이의 이름이 '쌀'인 것보다는, '보
리'인 것이 조금 더 다정하다. 또한 '보리'는 '볼 것이다'
와 '보고 싶다' 사이에 있는 보드라운 질감의 말. '함께
산다'라는 사건은 가볍지 않다. 그 몸과 촉감과 냄새와
움직임에 완전히 가까워질 수 있는 시간은 쉽게 오지 않
는다. 하나의 몸이 다른 몸과 함께 있다는 것은, 자기 몸
의 냄새를 견딜 수 있는가 하는 것만큼 어려운 일이다. 다
른 몸과 함께 있는 것을 수락할 때, 그 수락만큼 중요한
사건은 삶에서 찾기 어렵다.

우연한 그림자들이 만나면

한 번 더 죽을 수 있게 된다.

무엇을 기다리는지 알 수 없는 저 희미한 기다림.

그럼에도 불구하고 어떤 피할 수 없는 인연 때문에 하얀 '터키시앙고라' 고양이가 삶의 안쪽으로 불쑥 들어올 수 있다. 너는 고양이의 전형적인 특성을 모두 갖고 있다. 때로 이기적이라고 느껴지는 단독성, 적당한 게으름과 호기심과 장난기, 용변을 깔끔하게 처리하는 습성, 나이 듦과 아무 상관도 없는 듯한 우아하고 부드러운 수염, 공처럼 둥글게 몸을 말거나 일직선으로 만들 수도 있는 유연성, 신중하면서 재빠르고 명쾌한 몸의 궤적, 탄력적인 도약과 하강의 능력, 침착하면서도 과감한 출몰의 방식. 하지만 너는 고양이 일반에 결코 속하지 않으며, 세상에 하나밖에 없는 존재라는 사실을 매 순간 연출한다. 때로 무언가를 생각하는 것 같은 고요한 시선, 옅은 푸른빛의 스노볼 같은 영롱한 눈, 희고 풍성한 털 사이의 귀 안쪽에 숨어 있는 희미한 분홍빛. 지금, 깜빡이지 않는 너의 심원한 푸른 눈은 그 눈을 보고 있는 시선을 무의미하게 만든다. 그 시선 앞에서의 패배를 깨닫는 순간, 너는 천천히 한번 눈을 깜빡여준다.

영원과 영원 사이의 순간.

서촌

너와 함께 살게 된 곳은 '서촌'이라 불리는 곳, '신교동'
이라는 낡고 작은 동네. 경복궁과 청와대 인근이라는 조
건 때문에 개발이 제한된 것은 이 지역의 저주이자 행운
이다. 낡고 나지막한 다세대주택들과 작은 가게들이 서
로에게 들러붙어 있는 동네. '신교동'이라는 이름에도 불
구하고 옛날 다리의 흔적을 찾기는 쉽지 않고, '국립맹
학교' 앞의 늙고 커다란 은행나무가 이 거리의 원주민처
럼 느껴진다. 이 골목의 오랜 주민들은 길거리에서 혼자
큰 소리로 중얼거리거나, 맹인용 스틱으로 땅을 두드리
며 걸어가는 학생들을 낮설게 여기지 않는다. 철물점과
오래된 이발소를 지나면 낡은 국숫집 골목에서 누군가의
기침이 발작처럼 쏟아진다. 그 골목에서 인왕산 초입으
로 조금만 걸어 올라가면 산수화를 옮겨놓은 듯한 계곡

에 닿는다는 사실이 낯설게 여겨진다. 눈에서 두려운 광채를 뿜어내는 들개들이 그 산속에 무리를 이루고 있다는 것을 알고 있는 사람은 많지 않다.

　　예민한 장모종 고양이와 이 낡은 동네가 어울릴지 모른다는 생각은 주관적이다. 부산한 오후가 되면 무표정한 경찰관들과 머리를 짧게 깎은 공무원들, 무언가에 들뜬 학생들과 데이트하는 젊은 방문객들, 그리고 이방의 말을 열심히 떠드는 관광객들이 거리를 메운다. 청운동 주민 센터 앞에는 피켓을 바닥에 세워놓고 1인 시위를 하는 사람이 있다. 1인 시위를 하는 사람 곁으로 시간은 늦은 봄날처럼 빨리 흩어진다. 이 거리의 오후는 들끓는 국가의 축소판처럼 보인다. 한순간, 맑고 얇은 얼굴 하나 지나간다.

　　검은 비닐봉지는 부주의하게 펄럭이고
　　거리는 노인의 치아처럼 허술해진다.

어둠이 인왕산 계곡에서 순식간에 거리로 내려오면 이 모든 장면들이 한꺼번에 사라지고 지방 소도시 같은 쇠락한 풍경이 극적으로 드러난다. 그러면 이제 진정한 고양이들의 시간이 도래한다.

골목

너와 함께 이 거리에서 살게 된 것은 그 안에 숨겨진 골목들 때문일지도 모른다. 낡고 허술한 한옥들과 금천교 시장과 통인 시장의 조밀한 번잡함은 골목의 장면들을 극적으로 만든다. 좁은 골목을 올라가다가 문득 위쪽을 올려다보면 오래된 거미줄 같은 전선들 사이로 간신히 인왕산 자락이 보인다.

이곳은 이 거대한 도시에서 대규모 빌딩과 아파트 단지를 찾아볼 수 없는 거의 유일한 지역에 속한다. 골목 안쪽의 내밀한 풍경은 산그늘 아래 숨겨져 있다. 주차 공간이 부족하여 차를 포기한다면 걷는 자에게만 나타나는 골목들의 비밀을 만나게 된다. 굴곡진 공간들의 틈을 반쯤 가렸다가 문득 다시 눈을 뜨는 골목의 얼굴들이 있다.

골목의 집들 사이는 시간의 뒷모습이 비로소 보이는 장소. 거리에서 소음 가운데 사람을 마주치는 것과, 굽은 골목 저편으로 그림자를 보는 것은 다른 감각의 세계이다. 서로 기대어 있는 골목의 작은 집들이 만드는 것은 방치된 것들의 아름다움이다. 골목은 거리의 원근법을 무력하게 만들고 공간과 공간 사이의 내밀한 시간을 상상하게 만든다. 원근법이 무의미해지는 자리에 예기치 않은 굴곡과 방치의 시간이 흐른다.

그 골목의 안쪽 그늘에 흰 장모종 고양이가 숨어 있다. 고양이가 시야가 트인 들판이나 빌딩에 사는 것은 어울리지 않는다. 고양이의 삶은 골목에서의 삶이다. 숨을 수 있는 공간은 무궁무진하고, 하나의 은밀한 공간은 순식간에 다른 순간과 이어진다. 고양이는 그 골목들 안에서 가장 유력한 시선의 자리를 차지한다.

안과 밖을 알 수 없는 골목의 시간들이
아무 데서나 나타났다 사라진다.

야생

너에게 사람의 피부에 상처를 낼 수 있는 발톱이 있다는 사실은 놀랍지만, 발바닥의 분홍색 젤리를 만지고 있으면 그 발톱을 잊어버리게 된다. 여전히 야생이 남아 있음을 눈치채는 일은 고양이를 완전하게 길들일 수 없음을 깨닫는 일이다. 고양이는 자신의 공포 때문에 사람의 피부를 할퀼 수도 있으며, 감추어둔 어금니로 장난처럼 사람의 손을 물 수도 있다. 고양이가 장난으로 사람을 물 수 있다는 것을 알게 된 다음에는 손을 물리는 것에 피학적인 쾌감을 느낄 수도 있다.

패브릭 소재의 1인용 소파가 있다. 1인용 소파란 허영과 자기 연민에 잘 어울리는 소품이다. 소파가 오래된 빌라 공간에 들어오자마자 너는 그 질감이 마음에 들었는지 열심히 뜯기 시작했다. 며칠 되지 않아 낡은 흉물이 된다. 너는 아주 간단하게 1인용 소파의 허영을 단념시켜준다. 1인용 소파는 금세 캣 타워로 용도가 바뀐다.

고양이는 고양이 아닌 것이 될 수 있다.
너는 너 아닌 것이 될 수 있다.

고양이가 아직 야생의 습성을 가지고 있다는 것을 가끔 망각한다. 사자나 호랑이와 같은 육식동물의 동족이라는 사실을 잊고 지낸다. '하악'거리며 발톱을 세우고 온몸을 긴장시키는 고양이의 자세는 맹수의 그것과 같다. 귀엽고 친밀한 고양이가 갑자기 섬뜩한 야생의 습성을 드러낸다면, 이 선뜩함이야말로 고양이의 잠재성이다.

고양이의 야생성은 사냥하는 순간의 긴장을 보여줄 때 빛난다. 너는 지금 거실에서 장난감 생쥐를 사냥하지만, 사냥의 동물적 감각이 완전히 사라진 것은 아니다. 목표물을 응시하고 아주 고요하게 접근할 때와 순식간에

2 5

달려들 때, 근육의 긴장과 폭발의 순간은 여전히 생생하다. 너의 신경은 칼날 같고 너의 등뼈는 날카롭게 휘어진다. 그 모든 집중력이 폭발할 것 같은 순간, 너는 목표물을 무심하게 단념한다. 너에게 야생의 시간은 긴장과 단념이 교차하는 도시의 시간과 기묘하게 어울린다. 너는 이 도시 안에 숨겨진 황야의 공간과 야생의 리듬이다.

여린 초록들은 자기 안에 잿빛을 감춘다.

낡은 슬픔의 내부에는 육식동물의 입냄새가 난다.

잠

너의 최고의 능력은 잠잘 수 있는 능력이다. 불면증을 앓고 있는 고양이는 아마 없을 것이다. 그것만으로도 고양이는 인간을 가볍게 능가한다. 불면증 환자가 고양이와 함께 산다는 것은 기묘한 축복이다. 불면은 잠을 자지도 못하고 완전히 깨어 있지도 못하는 추방당한 시간이다. 밤과 낮 사이를 기웃거리며 어떤 시간도 자신의 것이 될 수 없음을 알게 된다. 어두운 무중력의 세계에 떠 있는 것처럼, 불면증은 은신처에 초대받지 못하는 질병이다. 고양이가 잠들어 있는 순간에는 세상에 아무 일도 일어날 것 같지 않은 착각에 빠지게 된다. 잠든 연인이나 아이의 모습을 보고 온전히 자신의 소유일 수 있다는 안도감을 느낀다면, 그 안도감은 허위일지도 모른다. 네가 잠들어 있는 모습은 거의 완벽해 보이지만, 아무도 그 잠의 세계로 들어갈 수 없다. 너의 잠의 깊이는 알아낼 수 없다. 야생의 습성이 남아, 고양이는 깊은 잠에서도 언제든 깨어나올 수 있는 경계를 유지한다. 완벽한 잠은 죽음처럼 완전한 비밀의 세계이다.

뭉뚝하게 잘린 잠.
풀들이 염치없이 우거져 있는 밤.

너는 어디에서나 잘 수 있지만, 밤이 되면 잠자리의 머리맡으로 찾아오곤 한다. 사람이 잠을 청하기 위해 잠자리로 들어가는 순간을 거의 정확하게 알아차린다. 장모종 고양이의 꼬리털이 얼굴을 스치거나 가끔 가슴을 밟고 지나가는 순간의 무게감은 불편할 수 있지만 시간이지나면 익숙해진다. 너는 언제부터인가 꼬리를 얼굴에스치거나 가슴을 밟지 않고도 지나가는 기술을 터득한다. 마치 잠의 세계로 인도해주겠다는 것처럼 너는 베개를 나누어 가진다.

깊은 잠을 자지 못하는 새벽에 네가 여전히 머리맡에 있을 가능성은 별로 없다. 가끔은 이른 아침에 잠자리 주변을 어슬렁거리던 네가 이불 속으로 침입하여 발가락을 건드린다. 너는 거실의 소파나 테이블에 앉아 쉬고 있거나 유유히 걸어 다니며 동거인의 불면을 관찰한다. 약병을 쓰러뜨리거나 종이를 작은 칼로 긁는 듯한 소리를 내기도 한다. 누구도 고양이의 잠과 밤을 완전히 알지 못한다. 그 잠의 비밀스러움을 알지 못하며, 그 밤들의 자유로움에 결코 다다를 수 없다.

　　밤의 간판들은 부끄럼도 없이 반짝이고
　　흐릿한 얼굴이 왼쪽 길모퉁이에 서 있다.

　　악몽과 백일몽의 사이.

단념

네가 그 무료한 시간에 무엇을 하고 보내는지 궁금해할 필요는 없다. 너는 '하지 않는다'. 인간은 늘 무언가를 해야 할 것 같아서 움직이고 성공적인 결과가 나오지 않아서 괴롭지만, 고양이는 되도록 하지 않는 방식으로 삶을 유지한다. 컴퓨터 키보드에 올라가 방해하는 너의 습성은 '왜 굳이 하고 있니'라는 메시지일 것이다.

너의 앞에는 호기심을 자극할 만한 물건이 있다. 너는 특히 작은 비닐봉지 같은 것에 많은 관심을 보인다. 비닐봉지의 바스락거리는 소리가 너에게는 가장 매력적인 소음이다. 너는 금방 그쪽으로 달려들지 않는다. 비닐봉지를 향해 다가가는 너의 몇 걸음은 지나치게 고요하고 아름답다. 네가 신중한 탐색을 시작할 때 그 물건을 치워

버리면 어떤 상황이 벌어지는가. 이 황당한 상실 앞에서 너는 처음부터 그 물건에 관심이 없었다는 듯이 금방 평정을 되찾는다. 이 단념의 기술은 '하지 않음'의 방식으로 자존을 유지하는 것이다. 나비 모형이 달린 장난감으로 함께 놀 때도 그렇다. 그 유희에 어느 정도 몰입한 듯이 보이다가도 갑자기 단념하고 무관심해진다. 너는 그런 장난감 놀이보다는 이불 속에 있는 잠든 인간의 발을 건드리는 놀이를 좋아한다. 이 놀이의 핵심은 '치고 빠지기'와 '시치미 떼기'이며, 이 놀이는 '순간'의 놀이이다. 그 순간들의 유희가 너를 다르게 만든다.

봄꽃들이 한순간 단념하듯 떨어져
재가 되어 날아간다.

고양이가 집단을 이루지 않고 단독 생활을 추구하는 것도 이렇게 단념하는 방식으로 생활하기 때문일 것이다. '굳이 하고 싶지 않음'의 세계에는 위계도 중력도 없다. 단념의 방식으로 너의 고독은 보존된다.

사라짐

고양이의 매력적인 능력은 사라지는 일이다. 고양이는 언제나 '그 자리에 없다.' 네가 5월의 창문 앞에 완벽한 연둣빛을 배경으로 우아하게 앉아 있는 순간이 있다. 그 순간의 압도적인 매혹 때문에 휴대전화 카메라를 찾을 것이다. 하지만 그 짧은 순간에 고양이가 같은 포즈로 앉아 있을 가능성은 없으며, 그 자리에 계속 있을 확률도 별로 없다. 고양이는 인간의 시선을 배반하고 한 공간에 붙들린 생활을 배반한다. 고양이는 언제나 인간의 공간을 바꾸어버린다. 옷장 서랍이나 트렁크, 종이 박스와 같은 공간은 인간의 용도와는 다른 방식으로 변한다. 거기 있다고 믿을 때 거기 없는 능력은 고양이의 공간을 규정할 수 없게 한다. 너는 옷장 속의 외투를 걸어놓은 옷걸이 아래 숨는 것을 좋아하고, 아마 다른 고양이라면 소파 아래 숨는 것을 좋아할 것이다. 하지만 고양이들을 찾기 위해 그 자리를 살펴보았을 때, 그곳에 있다는 보장은 없다. 가끔은 전혀 예측할 수 없는 곳, 냉장고 위거나, 세탁기 안이거나, 책장의 제일 높은 칸이거나, 어떻게 그곳에 갔는지 알 수 없는 곳에서 고양이는 무심코 출몰한다.

고양이는 모든 공간을 미궁의 시간으로 만든다.

고양이는 사라지는 과정에서 흔적을 남기지도 않는다. 자신의 용변은 모래 속에 파묻어버린다. 간혹 테이블 위의 작은 약병이 쓰러져 있는 것만으로 그 행동의 궤적을 짐작할 수 있다. 고양이는 무심하게 사라지고 신비하게 출현한다. 고양이가 언제나 미스터리한 존재로 남는 것은 행동의 궤적을 완전히 파악하는 것이 불가능하기 때문이다.

머물다 떠나간 세상의 연인들은 얼마나 많은 것을 부주의하게 흘려놓는가.

사라지기 직전 일몰들의 속임수.

구름의 약력은 영원히 알 수 없다.

함께 살게 되었을 때 너는 새 공간에 적응하지 못한 듯 침대 밑에 웅크리고 있는 경우가 많았다. 이사를 하기 위해 침대를 뒤집었을 때, 그 아래에는 고양이가 갖다 놓은 작은 물건들이 오래된 먼지를 뒤집어쓰고 있었다. 침대 밑의 천은 칼로 그은 듯 무수하게 찢어져 있었다. 그것은 어떤 악마적인 행위의 흔적처럼 보인다. 고양이가 불안감 때문에 그렇게 했을 거라고 짐작할 수 있지만, 결코 확신할 수 없다. 만약 그게 고양이가 한 일이 아니라면, 더욱 무서운 일로 남는다.

살아남은 자들은 어디로 갔을까?

심장

너는 작은 소리에도 자주 놀라곤 한다. 소리에 너무 예민
하게 반응하는 고양이는 동거인을 민감하게 만든다. 동
물 병원에서 검진을 받았을 때, 심장 박동 소리가 정상적
이지 않아 정밀한 검사가 필요하다고 했다. 검사 결과는
선천적으로 심장 기능에 문제가 있다는 것이었다. '삼첨
판폐쇄부전'이라는 외우기도 어려운 병명이 네가 지고
가야 할 생명의 무게이다. 오른쪽 심장의 혈액이 순환될
때 혈류가 역행하지 않도록 하는 판막에 이상이 있다. 완
전한 치료는 불가능하기 때문에 지켜볼 수밖에 없으며,
갑자기 심장이 멎을 수도 있다. 늙어가면서 심장 약을 먹
어야 한다고 한다. 너의 형제들도 죽거나 장애를 가지고
있었다고 한다.

심장은 비명을 지르는 법이 없다.

다만 정지할 때를 기다린다.

그 병명을 알게 된 이후 너의 고르지 못한 심장 소리
에 가끔 귀를 대어본다. 여전히 뛰고 있는 따뜻한 심장의
불규칙한 리듬. 너의 심장 소리가 너의 '갸르릉'거리는
소리처럼 언제 멈추게 될지를 알지 못한다. 너도 저 위태
로운 길고양이들처럼 어느 날 사라질 수 있는 존재이다.
갑자기 사라질 가능성을 안고 있는 것은 살아 있는 모든
것들의 조건이다. 그 미지의, 사라질 시간 앞에서의 자세
가 있다. 너의 초연하고 매혹적인 걸음걸이 같은.

검은 실 뭉치들은 함부로 굴러다니고 어디서 멈추는
지를 알지 못한다.

깨끗함

너는 몸을 핥는다. 목욕을 좋아하지 않는 너는 그런 방식으로 몸의 청결을 유지한다. 몸을 핥을 때 놀라운 집중력을 발휘하고, 닿지 않는 곳에 닿기 위해 몸을 잔뜩 구부리기도 한다. 몸을 최대한 휘어서 몸을 핥고 있는 장면은 조금 관능적이다. 그걸 '치장'이라고 말하기에는 너무 단순하고, 오히려 종교적인 제의 같다. 자기 몸을 닦는 행위는 자신에 대한 존중만을 의미하지는 않는다. 어떤 존재는 자기혐오 때문에 몸을 계속 닦을지도 모른다. 몸이 닳아서 없어질 때까지 닦을 수 있다면 그렇게 할 것이다. 인간처럼, 자해하는 동물들도 있다.

이 희극적인 몸들은 어떻게 여기까지 온 것일까?

자신의 역겨움을 견디는 것이 살아 있는 것들의 몫이다.

역겨움이 끝나면 진부한 몸도 지워진다.

자신의 용변을 모래 속에 숨기는 것은 고양이의 매력적인 습성이다. 고양이에게 깨끗한 모래는 쾌적한 잠자리만큼이나 중요하다. 모래가 덮은 것은 단지 용변만이 아닐 것이다. 아주 가끔은 보란 듯이 밖에 배변하는 경우가 있다. 영역의 표시일 수도 있지만, 아마도 무언가에 대한 불편함과 항의의 표시일지도 모른다. 저토록 깨끗한 존재가 자신의 청결을 포기하는 장면은 극적이다. 늙은 장모종 고양이가 가끔 털에 용변을 묻히고 다니는 것은 이미 생에 대해 허술해졌다는 것. 청결하게 생을 지탱하는 시간이 흐려지고 있다.

이 몸, 도저히 읽기 싫은 책.

죽음조차 이 책을 읽지 못한다.

시선

너는 '빤히' 본다. 그 시선의 언어를 이해하기는 어렵다. 눈동자의 크기가 끊임없이 변화하는 것처럼, 고양이는 그 시선도 변화한다. 눈동자의 변화가 바로 시선의 변화는 아니다. 시선은 눈보다 형용하기 어려우며 비밀스럽다. 너의 시선은 대상을 가두는 시선이 아니라, 무수한 각도로 퍼져나가며 주변을 밝히는 시선이다. 동거인이 극심한 두통 때문에 누워서 몽롱한 의식을 겨우 붙잡고 있으면, 어떤 시선이 느껴진다. 너는 베개 옆에 누워 기이한 광채로 가득 찬 눈으로 아픈 짐승을 응시하고 있다. 그 시선은 형용할 수 없을 만큼 미묘하며, 그 미묘함 때문에 약간의 부끄러움과 생뚱맞은 두려움에 잠시 사로잡힌다. 불규칙한 불면의 밤에는 늘 잠자리 옆의 시선이 있다. 아직 살아 있다는 것은 누군가의 시선 앞에 있다는 것이다.

네가 창밖의 먼 연둣빛을 보는 시간이 있다. 너는 연둣빛을 좋아하는가. 고양이는 붉은색과 녹색을 회색으로 인식하며, 가까운 것을 잘 보지 못하는 원시에 가깝다. 그 회색의 세계는 다른 이유로 아름다울 것이다. 본다는 것이 이렇게 다르고, 그럼에도 불구하고 살아 있는 것들은 무언가를 보며, 알 수 없는 시선을 느낀다.

지루한 벽지처럼 서 있는 가구들의 망각 사이로
누군가의 불투명한 시선.

네가 품에 머무는 시간은 아주 짧다. 조금만 있다가도 마치 무슨 볼일이 생긴 것처럼 품을 빠져나간다. 빠져나가는 순간, 너는 가장 매력적인 여운을 남긴다. 네가 몸에 가장 많이 머무는 시간은 어깨에 올라가 집안을 어슬렁거릴 때이다. 너는 마치 이제야 적절한 시선의 위치를 찾았다는 듯이 동거인의 어깨 위에서 집 안 구석구석을 두리번거리며 내려다본다. 네가 원하는 것은 언제나 다른

위치의 시선이다. 끊임없이 유동하는 시선. 그제야 너의

몸이 되어서 너의 시선의 위치와 각도를 함께할 수 있다.

.

따로

고양이와 함께 사는 것은 애완동물을 기르는 것과는 다른 일이다. 고양이는 완벽하게 길들지 않는다. 생존이 동거인에게 달려 있어 완전히 의존하는 경우에도 결코 주인과 종의 관계가 되지 않는다. 너는 집으로 들어오는 동거인에게 매달리거나 혀를 내밀어 핥지 않으며, 훈련에 의해 물건을 가져다주는 따위의 상투적인 '기적'조차 벌이지 않는다. 고양이는 인간과의 위계 관계에서 그 육체적 힘이 하위에 있다고 하더라고 종속된 자세를 취하지 않는다. 고양이는 마치 동거인에게 그런 대접을 받는 것이 당연하다는 것처럼 행동한다. 그래서 동거인을 '집사'로 만들며 이 새침함이야말로 고양이의 독립성과 자존감의 표현이다.

누군가의 것이었던 화분들은
부주의하게 꽃을 터뜨리고 발작적으로 말라간다.

진정으로 누구와 살았는지 뒤늦게 알게 된다.

고양이와 함께하는 것은 고양이의 삶의 감각을 닮아
가는 과정이다. 함께 산다는 것이 고양이를 소유한다거
나 고양이가 자신에게 소속된다는 것을 의미하지 않는
다. 집세를 낸다고 해서 인간이 집의 주인인 것은 아니
다. 사람이 고양이를 길들이는 것이 아니라, 고양이가 사
람을 길들인다. 너를 인간의 관점에서 가족으로 묶을 수
없다. 너와 하나의 공간에 거주하지만, 각자의 시간 속에
있다. 같은 공간에 있다고 해서 같은 세계 속에 있는 것
은 아니다. 그리고 그 각자의 시간 속에서, 문득 너의 시
간과 우연히 접촉하는 아주 짧은 순간들이 기적처럼 존
재한다.

외출

집고양이와 외출하는 일은 아주 많은 주의를 요한다. 너는 가끔 현관에서 문을 열어달라는 듯이 어슬렁거린다. 처음에는 누군가를 기다리는 것인가 짐작해보기도 했다. 그러나 기다림의 자세와 외출의 자세는 미묘하게 다르다. 모든 공간의 모든 문이 열려 있기를 바라는 너의 호기심 때문일지도 모른다. 막상 문을 열면 너는 몇 발짝 조심스럽게 발을 내딛다가 문을 닫는 시늉을 하면 재빨리 돌아온다. 호기심과 공포 사이에서 예민하고 신중한 몇 발걸음이 결정된다.

집고양이의 두려움에 대해 부주의했기 때문에, 너를 안고 바깥 외출을 한 적이 있다. 사람들이 푸르고 커다란 눈을 가진 하얀 장모종 고양이를 보고 감탄하는 것에 우쭐하기도 했지만, 이것이 얼마나 위험한 일인지 알지 못했다. 거리의 엄청난 자극들 때문에 공포에 질린 네가 가슴에 깊게 파고들다가 갑자기 도로 위로 뛰어내릴 수도 있다. 너에게 외출은 엄청난 위태로움을 감수하는 일이다.

함부로 골목에 들이닥치는 검은 트럭들과
붉은 벽돌의 침묵.

아무 일이 일어나지 않아도 조용하게 무너져 내리는 것들.

병원에 가기 위해 케이지에 너를 가두어야 하는 날이면, 너는 소파 밑에 숨어서 이 외출에 대해 완강하게 저항했다. 바깥에 대한 희미한 호기심과 외출에 대한 공포 사이에 너의 긴장과 불안이 있다. 왜 네가 빌라의 창으로 바깥을 내려다보며 새들의 가벼운 움직임을 눈으로 좇는 것을 좋아하는지를 짐작해볼 수 있다. 그건 가장 안전한 시선의 외출이며, 완벽한 조망의 자리를 차지하는 일이다. 너의 외출이 얼마나 두려운 문제인가를 이해하는 것은 쉽지 않다.

어떤 우연한 외출은 영원히 돌아올 수 없다.

Ⅱ

다만 스칠 수 있는 고양이

일다

너는 아파트 앞에서 발견되었다. 좀더 정확하게 말한다면, 그보다 며칠 전에 지하 주차장에서 발견되었다고 해야 한다. 어두운 아파트 주차장에서 아주 선명한 새끼 고양이의 울음소리가 들렸다. 얼굴을 알 수 없는 울음이었으나 어떤 생명이 여기 존재하는 것을 분명하게 알려주었다. 고양이의 존재를 의식하지 않는 사람에게 그 울음은 지하 주차장의 사소한 소음에 가까웠을 것이다. 그 울음이 보내는 신호를 정확하게 알지 못했지만, 울음은 하나의 살아 있는 존재가 있다는 것을 자명하게 한다. 잠시 그 울음소리 쪽으로 걸음을 옮기면서 자동차 사이를 찾아보다가, 문득 그 행위가 무기력하게 느껴졌다.

  며칠 후, 5월의 늦은 밤. 밤공기는 모호하고 따뜻한

불길함에 휩싸여 있다. 가로등 아래에서 순간적으로 본 것은 큰 고양이에게 목덜미 쪽을 공격당하고 있는 새끼 고양이다. 격렬한 뒤엉킴 뒤에 큰 고양이가 쏜살같이 사라진 뒤 작은 고양이는 비명조차 지르지 못하고 늘어져 일어나지 못한다. 길고양이들의 세계를 지배하는 거리의 날카로운 공기를 알 수 없다. 이 거리에는 설명할 수 없는 잔혹함이 감당할 수 없을 정도로 넘쳐난다. 이해할 수 없는 폭력들이 이 세계를 지배하고 있다는 것을 모른 척해야 한다.

아파트의 창문 밖으로 고양이를 던지는 인간이 있다.
유리 파편처럼 세상을 떠도는 적의들은 다 헤아릴 수 없다.

어떤 둔중한 두려움이 순간적으로 들이닥친다. 불가항력적인 폭력과 가혹한 죽음을 목격했다는 두려움, 무언가 살아 있다면 그것을 외면할 수 있을까 하는 당혹감. 고양이의 몸은 오래지 않아 딱딱하게 굳은 습기 없는 덩어리가 될 것이다. 쨍쨍한 햇빛이 내리쬐는 고속도로 위에 널부러져 있는, 한때 짐승이었던 것들의 말라비틀어진 덩어리들은 얼마나 많았던가. 아직 살아 있다는 것과 죽어간다는 것은 동의어에 가깝다. 이면 도로의 키 작은 가로수 아래, 보도블록과 차도의 경계에 누워 있는 저 작고 어두운 존재를 어떻게 할 수 있을까?

이름

너는 동물 병원에 있는 큐브 안에서 링거주사를 맞고 있
다. 이제 너의 얼굴을 제대로 볼 수 있다. 너는 아직 선명
하게 빛깔이 정해지지 않은 누르스름한 눈과 흰 털에 검
은색과 갈색이 어우러진 얼룩무늬를 갖고 있다. 눈동자
는 여전히 공포와 불안으로 가득 차 있고, 한 번도 씻은
적이 없는 몸에는 길거리의 먼지들이 뒤엉켜 있다. 털은
윤기라고는 찾아볼 수 없으며 짧고 뻣뻣하다. 공격당한
목에는 두껍고 흰 붕대가 감겨 있다. 붕대의 흰 빛깔은 더
러운 몸과 선명한 대비를 이룬다. 주사를 맞고 있는 발에
는 노란 밴드가 묶여 있어서 네가 새끼라는 것을 간신히
암시한다. 코의 왼쪽에는 마치 말라버린 코피처럼 작은
얼룩이 있다. 코끝의 분홍빛과 회색빛 얼룩이 기묘하게
어울리며 맞붙어 있다. 오른쪽 귀의 끝은 큰 고양이의 공

격으로 마치 가위로 잘린 듯 조금 뜯겨 있다. 귀 쪽의 털이 더 어두운 빛깔이어서 그 잘린 부분을 숙명처럼 감추어준다.

간호사가 수속을 위해 "고양이 이름이 뭐죠?"라고 물었을 때, 이 고양이가 생년월일도 이름도 없다는 사실이 오래전의 비극처럼 느껴진다. 순간적으로 '일다'라는 이름을 떠올린다. 일다, 일다, 일다, 일다…… 이름은 주술이다.

수의사가 걷지 못하게 될 수도 있다고 말했기 때문에, 너에 대해 바랄 수 있는 최대치는 '일어날 수 있는 것'이다. 도로에서 목덜미를 공격당해 축 처져 있는 새끼 고양이가 다시 살아나서 뛰어다닐 수 있을 거라고 기대하기는 어렵다. 모든 희망이 의심스러워서 지어진 이 생뚱맞은 이름 덕분에 너는 생각보다 빠르게 회복된다.

귀가 뜯긴 고양이는 무슨 꿈을 꾸나?

하지만 네가 '일다'를 자신의 이름으로 받아들였다는 증거는 어디에도 없다. 이름을 부를 때 습관처럼 귀를 세우기는 하지만, 이름들은 그 고양이의 고유성을 증명하지 못한다. 고양이에게 진짜 이름을 붙이는 것은 사실상 불가능하다.

모든 이름들은 어긋나며 부정확하다.

결핍

너는 없는 것이 많다. 한쪽 귀가 조금 잘려 나갔고, 생년
월일과 부모가 없으며, 이름도 없었다. 너의 '없음' 중의
일부는 가령 이름처럼 채워질 수 있는 것도 있지만, 채워
지지 않는 결핍도 많다. 네가 그 결핍을 의식하는지는 알
수 없다. 우발적으로 너와 마주했을 때부터 너의 결핍을
알고 있었던 것은 아니다. 하지만 이제 너의 결핍은 중요
한 상징이 된다. 저 수많은 길고양이의 참담한 삶에 비하
면 너의 결핍은 상대적으로 비극적인 것은 아니다. 몸이
상하거나 부모를 잃어버린 새끼 고양이는 헤아릴 수 없
이 많으며, 교통사고를 당하거나 학대로 불에 그을리고
다리가 부러진 고양이도 적지 않다. 그럼에도 불구하고
이제 너의 결핍들은 너의 고유성의 일부가 되어 여기 나
타난다.

너는 많은 것이 '있다'. 노란 눈 속의 여전한 경계심과 공포, 새끼 고양이 특유의 발랄한 호기심, 길고 날렵한 꼬리의 파동과 선명한 얼룩무늬. 무심히 걸어가다가 갑자기 옆으로 몸을 누일 때, 스스로 몸을 무너뜨리는 장면은 돌발적인 아름다움을 뿜어낸다. 목표물을 정해 나아가다가 갑자기 단념하듯 너의 몸이 쓰러질 때의 미묘한 각도를 흉내 낼 수 있는 존재는 없다. 이런 너의 '있음'은 너의 '없음'들과 다르지 않다. 조금 잘려 나간 너의 오른쪽 귀는 결핍에 해당하지만, 그런 귀를 가진 고양이는 거의 없기 때문에 그것은 너의 '있음'이다. 조금 잘려 나간 너의 귀가 잘 보이지 않을 때 오히려 너의 고유한 아름다움은 감추어진다. 너의 '없음'들이 너의 '있음'이다.

바닥을 드러낸 저수지처럼
지금 없음이
네가 '있다'는 시간을 비춘다.

주차장

너를 처음 만난 곳은 주차장이다. 주차장은 만나는 장소가 아니라 떠나는 장소이며, 가끔은 무언가를 버리는 장소이다. 주차장에서 어떤 일이 벌어진다면 그 일은 입에 담기 어려운 일이 될 확률이 높다.

주차장은 부주의한 소음과 잔인한 침묵의 공간이다. 이를테면 누구에겐 어두운 조명 아래 하수구 냄새가 시멘트 냄새와 섞여 있던 낡은 아파트, 페인트 냄새와 기름 냄새가 남아 있는 오피스텔의 주차장에서 차를 댈 곳이 없을까 불안해하던 시간, 처음 가본 주차장에서 출구를 찾지 못할 때의 당황스러움, 황급히 출발하기 위해 아주 짧게 머물 수밖에 없는, 장소라고 할 수 없는 장소. 차로 넘치는 주차장은 숨이 막히고, 어둡고 텅 빈 주차장은 어떤 이야기의 마지막 장면과 같다.

시간도 공간도 갖지 못한 세상 밖의 연인들이 주차장에서만 간신히 만날 수 있다 해도, 그 주차장이 다른 장소가 될 수 있는 건 아니다.

주차장에서 살아가는 너와 같은 길고양이들에 대해서 따뜻함을 누리는 대가로 감당해야 하는 탁하고 불투명한 공기와 돌발적이고 폭력적인 소음들. 언제 출발할지도 모르는 자동차 밑에 웅크리고 있거나, 조금 전에 시동을 끈 자동차의 온기에 몸을 얹고 있는 2월의 고양이들에 대해서, 그 생의 대부분을 차지할 매일매일의 불길함에 대해서.

수없이 떠난 기억만 남아 있고
다시 돌아온 기억이 없는
2월의 잿빛들.

걸음걸이

고양잇과 동물들의 큰 매력 중의 하나는 저 우아한 걸음걸이다. '어슬렁거리다'라는 표현 정도로는 도저히 설명할 수 없는 저 걸음걸이의 리듬. 그것은 그냥 걷는 것이 아니라, 공기 사이에서 자신의 리듬을 만든다라고 말해야 한다. 고양이의 걸음걸이는 마치 줄타기 곡예처럼 신중하고 긴장감이 넘치며 고요하고 정확하다.

너는 얇은 몸과 긴 다리를 가지고 있어서 걸음걸이가 더 우아했다. 천천히 걷거나 어떤 망설임을 가질 때, 그 걸음걸이는 세상에서 거의 유일하게 아름다운 리듬과 궤도처럼 보인다. 오후의 햇빛 사이에서 그 걸음걸이는 햇빛을 더욱 반짝이게 만들며, 갑자기 걸음을 멈추고 조금 잘린 귀를 약간 움직이는 순간은 시간을 다른 결로 바꾸

어놓는다.

　중성화 수술 이후에 너의 몸은 부풀었다. 몸통에 살이 올라서 예전의 그 날렵함을 갖지 못한다. 그럼에도 불구하고 너의 걸음걸이 리듬은 여전하다. 너의 걸음걸이를 다시 유심히 관찰하면 걸음과 어깨의 들썩임 사이에 미세한 어긋남이 있음을 알게 된다. 사람이라면 조금 다리를 전다고 해야 할 것이다. 아마도 목덜미를 공격당한 후유증일 것이라고 짐작한다. 한순간의 폭력적인 시간은 몸에 새겨진다. 그러나 엄밀하게 말한다면 완전한 걸음걸이를 가진 개체는 없다. 걸음걸이 역시 한 개체가 가진 고유한 몸의 양식이라면 너의 걸음걸이는 더 강한 개성을 보유하게 된 것이다. 너는 그 약간의 어긋남을 너의 고유한 생과 몸의 리듬으로 가졌다.

　햇빛이 나기 시작했는데 뒤늦은 마지막 빗방울이 어색하게 창문에 떨어져 부끄럽게 미끄러진다.
　완벽한 걸음걸이는 지상에 없다.

만짐

너는 계속 동거인의 손길을 허락하지 않는다. 고양이에게 공격당했음에도 불구하고, 보리에게는 몸을 기대면서 인간의 손길에는 경계를 늦추지 않는다. 폭력의 기억은 오래 몸에 새겨져 있을 것이다. 너의 몸에는 다만 '스칠 수' 있을 뿐이다. 스친다는 것은 아직 완전히 공개된 적이 없는 몸의 징후를 경험하는 것. 몸의 표면이 아니라, 어떤 미세한 진동을, 몸을 둘러싼 기류를 만지는 일.

만짐은 한없이 가까워지지만 결코 그 속에 스며들 수 없는 일이다. 만짐은 지속적으로 가질 수 없는 것에 대한 무상한 몸짓이다. 장모종 고양이를 만진다. 그 고양이의 몸 위에 드리워진 숲을 탐색한다. 그 몸 위에 자라난 숲은, 인간의 손길과 고양이의 몸 사이의 간격을 만든다.

장모종 고양이의 몸은 은밀하게 은폐되어 있다. 장모종 고양이의 몸을 만지는 일은 그 몸의 실재의 형태를 짐작만 하는 맹인의 더듬거림 같다. 고양이는 오랜 시간 애무를 허락하지 않고 빠져나간다. 짧은 더듬거림 이후 고양이가 빠져나간 공간에 남아 있는 손가락은 애무라는 순간의 무상함에 잠깐 떨린다.

더듬거림이란 사라질 수밖에 없는 것, 사라진 것을 향한 무모한 접촉이다. 거부와 좌절을 대면하지 않는 만짐은 없다. 고양이를 만지거나 만지지 못하는 일은, 고양이를 결코 가질 수 없다는 것을 알게 한다.

세상의 모든 상냥한 입맞춤은 어디로 갔나.

장모종 고양이를 만질 수 있는 그 순간에도 단모종 고양이인 너는 그 짧고 윤기 나는 털을 자랑하며 주변에 가만히 앉아 있다. 마치 장모종 고양이가 아닌 자신은 그 몸을 둘러싼 보이지 않는 간격을 스스로 만들 수밖에 없다는 듯이 말이다.

아직 너를 만질 수 없다는 건

11월의 창백한 유머.

우정

너를 구조해서 집에 데려왔을 때 보리는 너를 어떻게 환
대할 수 있었을까? 보리는 모든 공간을 자유롭게 오가며
살았으며 문이 닫혀 있는 것을 싫어한다. 죽음의 문턱을
건너온 귀 한쪽이 잘려 나간 어린 고양이는 이 나이 든 고
양이를 귀찮을 정도로 따라다닌다. 처음에는 귀찮아서
뿌리치는 모습을 보였지만 보리는 점차 이 어린 고양이
와의 동거를 받아들인다. 보리가 눈에 보이지 않으면 일
다는 계속 찾아다니며 울음소리를 내고, 보리가 보이면
그제야 울음을 그친다. 둘은 서로의 몸을 핥아주거나 서
로의 몸에 기대거나 다리를 걸치고 자기도 한다. 둘이 상
대의 몸을 핥는 행위는 너무도 자연스러워서 마치 자신
의 몸을 핥는 것 같다. 장난은 때로 서로의 목덜미를 무
는 과격한 활극을 연출하기도 한다. 너는 길거리에서 자

신을 구해준 사람보다 늙은 고양이에게 더 의존하는 방식으로 인간의 호의를 가볍게 배신했다. 둘에게 가족 개념이 있는지, 네가 보리를 어미로 생각하는지 정확하게 알 수 없다. 하지만 이 이기적이고 단독성이 강한 고양이들 사이에 무언가가 생긴 것은 분명했다. 기형의 심장을 가진 늙은 고양이와 길거리에서 죽을 운명을 간신히 피한 어린 고양이 사이에 생긴 것은 무엇일까?

그것을 가족이라는 인간적인 개념이 아니라 일종의 우정이라고 말한다면, 그건 함께 있음의 감각을 받아들인 것이다. 보리는 너를 천천히 환대했고, 그 환대는 인간적인 차원이 아니라 감각의 세계이다. 이를테면 고양이와 함께 산다는 느낌. 고양이가 사람을 거부하지 않는다는 감각이 느껴지는 순간은 고양이의 촉촉한 코에 얼굴을 갖다 댈 수 있게 허락해줄 때이다. 그 순간 촉촉하고 약간 차갑고 부드러운 콧등은 아무것으로도 대체될 수 없는 우정의 감각을 선물한다. 그 감각 때문에 간혹 고양이의 흰 털이 입속에 들어오거나, 검은 니트 위에 흰 털이 잔뜩 묻게 되거나, 아끼는 겨울 패딩에 고양이가 구멍을 내는 일에 대해 짐짓 무심하게 된다. 우정은 함께하는 감각의 세계에 존재한다. 이 감미로운 우정은 다른 시간의 리듬에 대한 감각이다. 하지만 이 우정의 감각 위에서도 고양이들이 자신의 단독성을 포기하는 일은 없을 것이다.

발목들의 고독과 기이한 교차.

눈

너는 노란 눈을 가졌지만, 이런 색채에 대한 호명은 그 색깔의 실재에 대해 거의 아무것도 알려주지 않는다. 세상에는 얼마나 많은 노란색이 있는가. 너의 노란 눈은 때로 갈색처럼 보이기도 하며, 어떤 때는 희미한 초록빛을 머금고 있는 듯이 보이기도 한다. 너의 눈은 반짝일 때 보석호박을 연상시킨다. 너와 달리 보리의 파란 눈은 어떤 때는 완벽하게 영롱하고 어떤 때는 검고 미세한 실금들과 창백한 흰색으로 이루어져 있다.

고양이 얼굴 표정의 대부분을 지배하는 것은 눈이다. 고양이의 눈은 뜨는 모양과 빛의 반응에 따라 시시각각 바뀌며, 그 눈을 보는 각도에 따라서도 바뀐다. 고양이의 눈으로 시간을 짐작했다는 속설이 있다. 한낮에는 동공이 아주 좁아지고, 밤이면 동공이 커지기 때문이다. 이집트인들은 고양이가 석양의 햇빛을 아침까지 눈 속에 담아둔다고 믿었다. 고양이는 밝은 햇빛 속에서는 동공을 수직으로 작게 만든다. 완벽하게 반짝이는 검은 구슬과 칼날 같은 검은 틈 사이에 햇빛이 드나드는 시간이 있다.

고양이의 눈에 관한 한 객관적인 관찰이란 불가능하다. 관찰자의 태도와 위치가 그 대상에 영향을 미치지 않을 수 없기 때문이다. 고양이의 눈은 정면으로 바라볼 때 완벽한 모양을 보여줄 수 있을지도 모른다. 하지만 그 눈은 이미 사람의 눈에 대해 반응하는 눈이며, 어떤 언어를 발설하는 눈이다. 너의 눈동자는 가끔 터질 것처럼 불온하게 부풀어 오른다. 그 눈은 언제나 비밀스럽고 난해하며, 때로 텅 비어 보인다.

붉은 눈처럼 켜진 가로등 아래
검은 우산을 쓰고 있는 소녀의 부푼 뺨.
잿빛 직전의 순간.

실루엣

어둠 속에서 너의 실루엣은 특별해진다. 자그마한 머리와 길고 곧은 다리, 우아한 채찍처럼 출렁거리는 긴 꼬리, 휘어졌다 팽팽해지기를 반복하는 등뼈는 너의 실루엣을 돋보이게 한다. 실루엣은 내부를 과감하게 지워버림으로써 골격을 추상화시킨다. 모든 실루엣은 표정의 세부를 없애버린 뒷모습과 같다. 실루엣이 결정적으로 비워버리는 것은 너의 몸의 무늬와 얼룩이다. 길에서 태어난 너의 몸에는 확인할 수 없는 길의 시간들이 새겨져 있다. 실루엣은 그 얼룩들을 무화시키고 너의 골격의 완전한 윤곽에 집중하게 만든다.

실루엣은 단모종 고양이의 피부가 보유한 온기와 윤기 나는 질감을 앗아간다. 이제 너의 몸은 어떤 무늬도 없는 우아하고 불투명한 천으로 싸여 있다. 그 천은 너의 몸을 감추는 것이 아니라 너의 몸을 다른 것으로 만든다. 그리고 네가 움직이기 시작할 때 그 천의 물결은 춤추기 시작한다. 조명도 없는 무대와 혼자만의 움직임과 주름조차 없는 몸. 비로소 우아한 리듬이 다시 시작된다. 실루엣은 완벽한 스냅사진처럼 몸의 그림자가 되었다가, 순간적으로 사라지면서 몸의 유령이 된다.

춤은 신체의 의미를 지워나간다.
춤은 몸을 돋보이게 하는 동시에 몸을 사라지게 한다.

선유도

너를 발견한 거리는 한강과 안양천이 만나는 지점. 한강의 양화진 나루터로부터 유래한 동네. 예전의 공업지대는 주거지역으로 변모하는 중이다. 새로 지은 빌라와 카페와 낡은 철강 공장 들과 거대한 제과 공장이 이 거리의 공기를 만든다. 저녁이면 달콤한 껌냄새가 제과 공장 주변에서 피어오르기 시작한다. 공사 때문에 없어진 선유봉의 옛 이름이 고양이 모양을 빗대어 '괭이봉'이었다는 것을 아는 사람은 별로 없다. 어둠이 덮이는 선유도 공원에는 늙은 고양이와 살이 찐 토끼가 더 이상 몸을 숨기지 않는다.

아주 뒤늦은 안부처럼

오타가 많은 문장처럼

풍경은 다시 연기된다.

　한강의 작은 섬인 선유도는 한강 정수장이었던 곳을
공원으로 만들었다. 정수장 시설을 재활용하여 수생 공
원으로 만든 식물원과 정화원이 있다. 정수장 시설들을
유지했기에 버려진 연못 같은 저수장과 거칠게 노출된
콘크리트 구조물들이 남아 있다. 검붉은 녹을 뒤집어쓴
철제 기계들과, 그것들을 타고 올라간 식물들이 뒤엉켜
기이한 분위기를 만든다. 잿빛과 검붉은 녹과 초록은 무
방비하게 서로에게 얽혀든다. 촬영 장소로 알려져 웨딩
사진을 찍거나 만화 캐릭터 코스튬플레이를 하고 있는
사람이 많다. 주말이면 공원은 온갖 가면극의 무대가 된
다. 공원 내 한 건물 입구에 시민에게 개방된 피아노가 놓
여 있다. 어쩌면 늦은 밤 혼자 피아노 치는 사람의 그림자
를 볼 수도 있다.

　새소리에서 금속의 느낌이 묻어난다.
　일요일의 부서진 모래들

축축한 손바닥의 밤

요양병원 앞 늙은 플라타너스는 자기 생을 뱉어낸다.

길고양이들

버려진 화분과 낡은 담 사이로 소리 없이 출몰하는 고양이들은 이 거리의 주인이다. 사람들은 스쳐 가는 타인에게 관심이 없지만 고양이는 자신을 쳐다보는 사람에게 좀더 예민하다. 길고양이들은 언제나 죽음 가까이 살고 있지만, 낡은 전봇대 뒤쪽에서 혹은 컴컴한 주차장의 입구에서 마주친 고양이가 죽음에 가까이 있다고 생각하기는 어렵다. 그렇게 많은 길고양이가 태어나고 죽어가지만 길고양이의 시신을 골목에서 발견하는 일은, 차에 치여 죽은 고양이의 사체를 발견하는 것보다 더 어렵다. 길고양이는 자신의 죽음을 감추는 법을 잘 안다. 어떤 집고양이들은 죽음이 다가오면 집을 나간다고 한다.

아무도 모르게

천천히 주저앉는 자줏빛 구름 한 덩어리

깊은 곳의 붉은 산호들은 어떻게 죽어갈까?

길고양이의 삶은 위태로움 자체를 형식으로 한다. 한
번 마주친 길고양이를 또 마주칠 수 있지만, 언제까지 계
속 나타날 것인지는 짐작할 수 없다. 언젠가 사라질 준비
가 되어 있는 존재들. 아무것도 도모하지 않고 다만 사라
지기 위해 존재하는 것 같은 길고양이들의 삶은, 이 도시
의 덧없는 리듬을 닮아 있다. 어떤 골목에 고양이가 많다
고 생각될 때에도 그것들은 무리를 지어 다니지 않는다.
소멸할 수 있는 다른 시간 속에 각자 숨어 있다. 고양이
들은 무엇을 위해서가 아니라, 다만 거기에 존재한다. 길
고양이의 공간이 어디인가를 짐작할 수는 있지만, 길고
양이의 시간은 아무도 모른다.

종이 박스

몇십 년 전, 수동식 펌프가 있던 시멘트로 덮인 마당을 가진 지방 대도시의 집, 그 집 앞의 좁다란 골목을 따라 몇 걸음 나오면 작은 도랑이 흘렀다. 이 이미지는 푸른빛이나 화사한 색감과는 무관했다. 밋밋한 시멘트 바닥과 거칠고 울퉁불퉁한 벽들이 주는 폐쇄적인 느낌, 소꿉친구의 낡은 대문에 던지던 돌처럼 어린 날의 히스테리 같은 뉘앙스를 품고 있다.

아주 오래전 그 집에 있던 큰 개 한 마리. 하얀 털과 우아한 다리를 가진 늙고 순한 개는 회색빛 시멘트로 뒤덮인 마당의 한쪽 모퉁이에 묶여 있어야 했다. 개를 실내로 들인다는 것을 생각하기 힘든 시절. 나이가 들어서인지 그 개는 잘 먹지도 않았고, 묶인 상태에서는 절대로 용변을 보지 않았다. 어쩌다 가끔 줄을 풀어주면 그제야 하수구 쪽으로 가 오래 참았던 용변을 보았다. 아마도 그전에 살던 집에서 사람과 어울리면서 자존감을 지키는 습성을 가졌을 것이다. 그 개는 오래지 않아 자는 듯이 돌아갔다. 너무 조용한 죽음이었고, 유년의 나이는 어떤 애도의 방식도 알지 못했다. 설명하지 못하는 죽음은 오래 잊히지 않는다.

불행은 느린 속도로 방문하고
시큼한 절망은 불쑥 왔다가 과장된 소문처럼 지리멸렬해진다.

그 개의 사체는 종이 박스를 뜯어낸 마분지에 덮였다. 도시의 육교 아래에도 마분지로 몸을 덮고 있는 노숙자들이 존재한다. 누런 마분지에 덮여 있는 세상의 몸들이란 종에 관계없이 똑같다. 폐지들을 모아서 끌고 가는 노인에게 종이 박스는 노년의 신산한 세월과 벌거벗은 몸 같다. 몸을 가진 것들이 피할 수 없이 가지는 궁핍, 몸을 가릴 것과 몸을 쉴 장소를 찾기 위해 일생을 움직여야 하는 저 불가피한 궁핍. 저 궁핍을 피할 수 있는 지상의 몸은 없다.

여행지

여행지의 고양이는 그 장소의 감각을 압축한다. 캄보디아의 공기는 메말라 있다. 관광객들이 의례적으로 들르는 장소의 하나인 킬링필드의 유적지. 1970년대 크메르 루즈에 의해 학살당한 사람들을 위한 와트마이 사원. 유골들이 마치 영화의 소품처럼 위령탑의 유리 안에 쌓여 있어서 비현실적인 느낌을 준다. 유골이 상징하는 끔찍한 역사조차 관광의 일부로 소비된다. 방치된 듯 세워져 있는 주변의 탑을 바라보며 무의미한 폭력과 타인의 참혹에 대해 오래 생각하는 것은 불가능하다. 관람하는 자신에 대한 희미한 혐오감이 찾아올 것이다.

그때 작은 탑 사이에서 고양이 한 마리가 나타난다. 지독한 피부병에 무척 말라 있다. 세상에서 가장 참담한 얼룩의 갈색. 털은 거의 남아 있지 않고, 윤기가 전혀 없는 피부는 벗어진 채로 무방비하게 더러운 얼룩들을 드러낸다. 고양이의 처참한 몸은 이 학살의 장소와 기이하게 조우한다. 외면할 수도 다가갈 수도 없는 시선으로 고양이와 거리를 유지하고 있을 때, 고양이 옆으로 한 소년이 나타난다. 걸음이 불편해 보이고 몸이 마르고 얼굴이 그을린 소년. 어두운 다리를 절룩거리며 고양이 곁에 다가가 함께 놀기 시작한다. 소년이 고양이를 안아주거나 둘이 뿌연 흙먼지를 날리며 제자리에서 맴돌며 논다. 둘은 익숙한 사이인 것처럼 보이고, 이 두 존재가 함께 놀고 있는 이미지는 위령탑 안의 해골들보다 더욱 선명하다.

회색의 아이는 어떻게 어른이 될까?

다른 여행지

알람브라궁전에 고양이가 살고 있다는 것은 매력적인 일이다. 14세기 이슬람 왕조에 의해 세워진 이 궁전은 안과 밖의 이미지가 전혀 다르다. 구릉 위의 요새에 세워진 이 궁전은 겉으로는 적들로부터의 방어를 목적으로 한 완강함을 보여주지만, 그 안의 정원과 기둥들과 아치와 천장은 과도하게 정밀하고 관능적인 아름다움을 갖고 있다. 그토록 단순한 완강함 안에 지나치게 섬세한 문양들이 존재한다. 지나치게 탐미적인 것들은 영원성이 아니라 오히려 덧없음을 드러낸다. 방의 내부를 구성하는 참을 수 없이 현란한 천장의 문양들은 현기증과 피로감을 느끼게 한다. 바깥으로 나와 나무 그늘에서 쉬고 싶다는 충동을 불러일으킨다.

나무 아래 벤치에 관광객들이 모여 있는 주변에는 비밀스러운 검은 털을 가진 고양이가 땅에 배를 깔고 여유 있게 앉아 있다. 관광객들은 그 고양이의 존재를 신기하게 여기고, 고양이는 그런 시선을 즐기는 것처럼 아주 천천히 몸을 움직인다. 이슬람 문화의 저 아득한 시간대에서 고양이를 얼마나 숭배했는가를 상기시켜주려는 듯이, 윤기 나는 검은 털을 가진 고양이는 우아하게 앉아 있다. 저 고양이는 14세기의 햇볕과 흙먼지 사이에서도 저렇게 여유로웠을 것이다. 수세기 전의 그 고양이일지도 모른다. 관광객들이 모두 사라진 밤, 저 고양이가 자기만의 궁전을 어슬렁거리는 장면을 떠올린다. 관광객들로 북적거리는 낮은 환각의 시간이며, 온전히 고양이의 것인 밤의 시간이야말로 실재에 가까울 것이다. 영원한 것은 이 궁전을 만든 권력과 탐미가 아니라, 몇 세기 동안 그곳에서 살았을 것 같은 검은고양이의 관능적인 움직임이다.

14세기의 흙먼지는

하룻밤의 내부에서 계속 되돌아온다.

III

모든 고양이의 시작

책 더미

너는 낡은 책 속에 둘러싸여 있다. 너의 아버지가 남겨준 것은 감당할 수 없을 만큼의 책이었다. 어린 시절 책들은 여름방학의 느슨한 오후들을 가볍게 만들어주었다. 너는 낡은 1인용 소파에서 서양 소년들의 모험담을 읽다가 잠이 들곤 했다.

그 책들은 아파트의 공간에서는 도저히 수용하기 힘든 것이었고, 이사할 때마다 그 책들을 옮기는 일은 끔찍한 과제가 되곤 했다. 넓은 서재 같은 것을 가져보지 못했으므로 책들은 언제나 좁은 공간을 점유하는 적대자였으며 때로 재앙이었다. 이삿짐센터에 가구들이 얼마 되지 않는다고 했다가 이사 당일 많은 책 때문에 트럭 한 대를 더 불러야 했던 일을 겪고 난 뒤, 책들을 덜어내지 않고는 집을 옮길 수 없다고 확신하게 된다.

어떤 책들은 너무 많은 흔적을 보유하고 있다. 줄이 처져 있거나 무언가를 흘렸거나 접혀 있거나 뜻 모를 표식이 남겨져 있다. 흔적이란 이미 현재가 아님에도 불구하고 현존하고 있기 때문에 시간의 질서를 어지럽힌다. 어떤 흔적은 우연한 것이나, 표식처럼 의도가 있었다 해도 그걸 기억해낼 수 없다. 흔적을 되돌릴 수 없는 것은, 지우려는 행위도 결국 흔적을 남긴다는 딜레마에서 빠져나올 수 없기 때문이다. 이런 책들은 다시 들쳐보지 않게 될 것을 알면서도, 버릴 수도 없고 다른 사람에게 전해주기도 어렵다. 이 책들조차 포기한다는 것. 현재도 과거도 미래도 될 수 없는 책들의 유령 같은 시간에 대한 단념이다.

너는 아버지가 남겨준 책들을 없애는 일에 남은 생을 바치리라고 마음먹었다. 누군가가 한꺼번에 이 책을 없애준다면 고맙겠지만, 너는 이 책들을 조금씩 없애는 것이 자신이 감당해야 할 피할 수 없는 임무처럼 느껴졌다. 그것은 너의 생애에 남겨진 숭고한 과업과 같았다. 너는 먼저 아버지의 젊은 날의 일본어 교육의 흔적이 남아 있는 일본 서적을 버리고, 철 지난 잡지를 버렸다. 그런 책들은 어떤 시간의 퀴퀴한 냄새를 떠올리게 만들었다. 결국 문학 서적도 버려야 한다고 생각했을 때, 결국 남은 것은 다 읽지 못한 혹은 앞으로도 다 읽지 못할 번역 이론서들이다.

유일한 한 권의 책은 영원히 없고,
버릴 수 없는 책은 없다.

그리고 책이 재가 되는 시간을 아는 사람은 없다.

너는 몇 개 남은 책장의 꼭대기에 정신분석 관련 서적들을 올려놓는다. 고양이는 책장의 책과 칸 사이의 공간에 숨어 있는 것을 좋아한다. 그중에서도 고양이가 제일 좋아하는 자리는 책장의 꼭대기 책과 천장 사이의 좁은 공간이다. 책장을 올려다보면 프로이트 위에 앉아서 너를 내려다보는 장모종의 흰 고양이를 발견한다. 고양이는 마치 이 책들의 무기력과 오만을 짐짓 비웃는 것처럼 보인다. 고양이라면 절대로 그런 책들의 무게에 짓눌리지 않을 것이다. 책들은 고양이의 발밑에서 관념의 무게를 지우고 물질적 아름다움만을 보유하게 된다.

고양이의 발밑에서는
어떤 무거움도 사라진다.

버리다

너의 어린 시절, 상상력은 집으로부터 가장 먼 곳으로 뻗어 있었다. 부모와 함께 살았던 집에서 초등학교부터 대학교까지 걸어 다녔기 때문에 네가 꿈꾼 것은 아주 먼 곳으로 가는 것, 그곳에서 혼자만의 방을 갖는 것이었다. 늦은 나이의 첫 직장이었던 곳이 지방의 해안 도시였으므로, 처음으로 '집'에서 먼 곳으로 가게 되었다. 계절이 돌아와서 너무 많은 벚꽃이 쏟아져 내리면 내해의 뻑뻑한 파도들이 까닭 없이 거칠어졌다. 숨 막히는 풍경이 지나간 뒤에 생각한다. '여기는 집이 아니다.'

그리고 수없이 짐을 싸야 하는 시절이 이어졌다. 세간살이가 뒤집어져 낯선 이들에게 노출되고 트럭에 옮겨지는 일련의 과정들은 감당하기가 쉽지 않았다. 누추한 세간들이 환한 햇빛 아래 무방비로 드러난 채 트럭에 실릴 때마다 희극적이거나 외설스러웠고, 때로는 섬뜩한 느낌을 주었다. 더 넓은 곳으로 이사하는 일은 드물었고 대부분 비슷한 공간이나 더 작은 공간으로 옮겼기 때문에, 이사 전에 가장 큰 일은 필요 없는 세간을 미리 버리는 것이었다.

버리는 일은 시간과의 단절을 의미한다. 세간살이는 집의 한구석을 점유했던 시간의 이미지이다. 그 시간들은 따뜻하기보다 사소하게 수치스럽고 덧없으며 때로 히스테릭하다. 사물들은 그 시간들이 있었다는 사실을 피할 수 없게 만들며, 그 시간 앞에서 어떤 허세도 망각도 기만적인 것임을 알게 한다. 물건들을 견딘다는 것은 한때 부풀어 올랐다가 꺼져버린 시간들이 있었다는 것을 받아들이는 일이다. 사물들의 배후에 있는 것은 가늠할 수 없는 시간의 비밀이다. 버리기 쉬운 것들은 옅은 비밀을 간직한 것들이며, 깊고 무거운 비밀을 보유한 물건들은 그만큼 버리기 힘들다.

11월의 이사를 위해 너는 10월부터 버리기 시작한다. 몇 년을 살았던 오피스텔의 주차장에 재활용품을 버리는 장소가 있고, 입주민의 편의를 위해 카트를 사용할 수 있다. 10월의 몇 주 동안 버릴 물건들을 정리하고 그것들을 카트에 실어 지하 재활용 장소로 내려보내는 일을 반복한다. 새벽까지 오래된 물건들을 실어 나르는 사람을 주차장이나 엘리베이터에서 마주친 사람들은 의아한 눈초리를 보내지만, 그들의 짧은 의심은 깊은 주의력을 동반하지 않는다. 누군가와 마주치는 것을 더 불편하게 느끼는 것은 그들이 아니라 너이니까. 마치 남의 물건을 훔치거나 몰래 버리는 사람처럼 혼자만의 이상한 죄의식에 사로잡히게 된다. 새벽녘에 마지막 카트의 세간들을 버리고 다시 잠자리로 돌아올 때의 느낌은 해방감과는 다른 것이다. 이제까지 버리지 못하고 있었다는 것에 대한 후회와, 결국 더 지니지도 못하고 버릴 수밖에 없었다는 기이한 자기혐오가 한꺼번에 들이닥친다. 그런 밤이면 모호한 우울로 가득 찬 알 수 없는 거리에서 낯익은 뒷모습을 대면하는 꿈을 꾼다.

어떤 물건들은 버리지도 못하고 쳐다보지도 못하는 것이어서, 그것들에 대한 모든 언어는 기만적인 것이 된다. 그 물건들, 은밀하고 온전하지 않으며 모서리와 가장자리가 다른 빛깔을 띠고 있는 그 물건들을, 너 자신과 혹은 다른 사람이 볼까 봐 집요하게 감춘다. 진부한 형용사들은 그 물건의 가늠할 수 없는 비밀들, 봉인된 기억에 대해 아무것도 말하지 못한다. 죽음의 편도 아니고 삶에도 가깝지 않은 그런 물건들에 대해서는 어떤 포즈도 취할 수 없다. 응시할 수 없는 것에 대해서는 말할 수도 없다. 사물들의 끈질긴 고독 앞에서 최선의 예의는 침묵이다.

그리고 너는 그 오랜 버림의 시간 뒤에 고양이를 만난다. 늦은 밤, 세간살이를 버리던 주차장이라는 공간에서 버리지도 못할 존재를 마주한다. 이를테면 살아 있는 비밀스러움.

버릴 수 없는 물건들도 결국 버리게 될 것이지만,
'버린다'는 말 자체가 무의미해지는 그런 시간이 온다.

다른 심장

너는 여러 개의 몸을 갖고 있다. 발작적인 천식의 몸과 격렬한 두통의 몸과 짧은 낮잠 이후 가벼워진 몸과 예민한 몸과 무감각한 몸과 축축한 몸과 건조한 몸 들. 어느 날 허약한 몸에 대해 희미한 공포가 두드러졌을 때, 심장에 고통을 느낀다고 생각하기 시작한다. 그 고통은 오래가지 않았고 그때마다 그 고통은 사소하고 일시적인 것이라 여긴다.

불안감 때문에 찾아간 심장병 전문 병원은 아프고 불안한 사람으로 넘쳐난다. 심장 검사는 여러 가지 기이한 방식으로 몸을 괴롭히는 과정이다. 상냥한 톤의 목소리와 날카로운 얼굴선을 가진 중년의 의사에게서 기이한 얘기를 듣는다. 심장의 혈액을 보내고 닫는 판이 세 개여야 하는데, 이 경우는 두 개이며 일종의 기형이라는 것. 늘 조심해야 하는 심장이라는 것. 그 순간에 고양이 보리가 떠오른 것은 당연하다. 심장 기형으로 연결된 고양이와 동거인.

밤의 주유소 앞에서 조금 전 사라진
무심하고 차가운 자동차의 뒷모습.
장난처럼 멈추어버리는 회전목마.

아직 읽지 못한 책들과 만나지 못한 장소들이 있을 것이다. 하지만 너는 상관없다. 그 책은 세상에 존재하지 않는 책이며, 그 장소는 이미 사라졌을지도 모른다. 너는 세월에 대해 불평하지 않는다.

소리

너는 한 사람의 11월의 목소리를 떠올리려 애썼지만 그 질감과 뉘앙스는 기억해낼 수 없다.

고양이 보리와 일다는 각기 다른 소리를 갖고 있고, 소리에 대한 반응도 달랐다. 보리가 머리맡에 누워 있거나 털을 쓰다듬어줄 때 내는 소리는 도취의 상태에서 나오는 저음의 갸르릉거리는 소리다. 그 소리는 숨소리라기보다는 깊은 항아리 안에서 작은 기계를 돌리는 소리 같다. 일다는 혼자 돌아다니며 뭔가를 찾거나 갈구하는 듯한 얇고 높은 톤의 울음소리를 낸다. 보리의 갸르릉 소리와 낮게 코고는 소리는 만족스러운 자기 망각에 도달한 소리처럼 들렸고, 일다의 울음소리는 여전히 불안과 공포가 가시지 않은 길고양이의 신음 소리에 가깝다. 두 고양이가 우는 진정한 이유는 헤아릴 수 없이 많을 것이다. 백 번의 울음은 백 번의 다른 뉘앙스와 의미를 가질 것이고, 그 언어를 완전히 이해한다는 것은 어렵다. 다른 사람의 말을 완전히 이해하는 것이 언제나 불가능한 것처럼. 고양이의 소리를 이해한다는 것은 고양이의 침묵을 이해하는 것과 같다.

얼룩조차 없는 중얼거림.

보리는 사람의 움직임에 대해 비교적 의연했으나 작은 소리에도 민감하게 반응하며 몸을 움찔거렸고, 일다는 언제나 사람의 눈치를 보고 그 움직임에 긴장했다. 태생적인 심장 기형인 보리와 길고양이 시절 공격당한 적이 있는 일다의 몸의 감각은 그렇게 형성되었을 것이다. 몸의 조건이 소리에 대한 다른 감각을 만들어냈겠지만, 그것이 그들의 소리를 다 설명해주지는 않는다. 소리는 시간과 공간을 점유하지 않고, 흔적조차 남기지 않는 방식으로 존재한다.

묵음으로 쏟아지는 비.

4월의 테라스에 진눈깨비 내리는 소리.

중성

너는 가끔 자신의 '성별'이 미심쩍다.

고양이 보리는 수컷이었고, 고양이 일다는 암컷이었다. 과거형 문장들은 이 고양이들이 의학적으로 중성화되었음을 의미한다. 의학적인 중성화는 고양이의 타고난 생물학적인 성을 제거하는 인간과 문명의 폭력이다. 발정기의 고양이에게 성욕이란 일종의 고통일 수 있다는 논리와 개체수를 제한하는 것이 고양이 집단의 보존에 유리하다는 근거들이 존재한다. 보리와 일다를 비교적 빨리 중성화한 것은 그 생물학적인 성별 자체가 생의 무거움일 수 있다는 생각 때문이다. 너는 어쩌면 고양이들이 혈육을 갖게 된다는 일의 무게를 느끼지 않기를 바랐을지도 모른다. 고양이의 움직임과 자태 때문에 고양이

전체를 '여성적인 존재'로 이해하는 선입관이 있지만, 고양이는 여성적이어서 아름다운 것이 아니다. 앞발로 얼굴을 씻어 내리거나 그루밍을 하는 것을 보고 여성적이라고 말할 필요는 없다. 그건 몸에 대한 고양이의 태도와 습성을 말해줄 뿐이다. 보리와 일다는 오로지 수컷이나 암컷이 아니었으며, 여성적인 자태와 품성 때문에 아름다운 것도 아니다. 보리는 놀라운 우아함을 갖고 있지만, 그것을 남성적이라고 규정할 수 없었으며, 일다의 날렵하고 새초롬한 자태가 반드시 여성적인 것은 아니었다. 그들의 신체와 움직임과 표정의 신비는 성별 너머에 존재한다. 어떤 존재도 성별로 설명되지 않는다.

성욕처럼 부주의한.

보리의 풍성한 꼬리와 일다의 날렵하고 긴 꼬리는 그 움직임도 달랐다. 보리의 풍성한 꼬리털은 파란 눈동자와 어울렸고, 조금 잘려 나간 귀를 가진 일다의 날렵한 몸매와 곧고 긴 다리는 긴 꼬리와 어울렸다. 보리의 꼬리가 먼바다의 일렁임처럼 고요하게 물결치는 듯 보인다면, 일다의 팽팽한 꼬리는 온몸의 긴장이 집중된 것처럼 직각으로 서 있다가 쏜살처럼 달려 나가면서 수평으로 돌아왔다. 그 두 꼬리의 궤적을 허공에 선으로 표현할 수 있다면, 완벽한 추상이 완성될 것이다.

예측할 수 없는 손가락의 미래.
아직 살아 있는 분홍의 궤적.

참을성

너는 '키운다'는 명목으로 많은 동물과 식물을 죽여왔다. 그나마 오래 버틴 것 중의 하나는 작은 거북이였는데, 결국 물을 잘 갈아주지 않아 감염되어 눈이 멀었다. 눈이 뿌옇게 부어 오른 거북이는 더 이상 키울 필요가 없어졌다. 그 뿌연 눈을 떠올릴 때마다 너는 키운다는 일의 잔인함에 몸을 떨었다. 동물들의 참을성에 대해 말하는 것은 인간과 이 세계의 폭력성에 대해 말하는 것과 같다. 동물들의 참을성은 인간의 잔인함이 만들어낸 이미지이다. 고양이가 정말로 참고 있는 것은 인간일 것이다. 어떤 사람들은 동물은 고통을 느끼지 못한다고 믿었다. 살아 있는 고양이의 배를 가를 때 고양이의 표정을 묘사하는 문장을 읽은 적이 있다. 묘사는 진실을 다 말할 수 없기 때문에 악마적이다.

동물 병원에 가려고 케이지를 꺼내면 예민한 보리는 옷장 속으로 숨어버린다. 일다 역시 소파 밑에서 몸을 웅크리고 필사적으로 저항한다. 하지만 막상 병원에 가면 마치 체념한 듯 의사의 손길을 고스란히 받아들인다. 고통을 순순히 받아들이는 것이 고통을 모른다는 것은 아니다. 피할 수 없이 고통받는 존재라는 면에서 사람과 고양이는 똑같다. 고통에 관한 한 인간과 동물의 운명은 다르지 않다. 끝내 표현할 수 없는 내밀한 고통도 있다. 다만 기다림의 시간을 의식하지 않는 동물들은 고통이 지나가는 시점을 더 잘 기다릴지도 모른다. 어떤 고통이 찾아오고 끝나는 것에 대한 무심한 기다림.

오래전 너는, 새장에서 기르던 노란 새가 쥐에게 날개와 몸의 일부가 뜯긴 것을 아침에 발견했다. 새는 아무 비명도 없이 뜯긴 몸으로 모이를 먹고 물을 마셨다.

단 하나의 고통은 없다.
인간이 표현할 수 있는 고통은 대개 상투적이다.

평온함

너는 평온함을 꿈꾼다. 어떤 황홀한 순간도 참담한 순간도 찾아오지 않는 삶. 고양이들과 함께 그런 삶이 가능할 것이라고 애써 믿으며 한순간도 사라지지 않는 불안을 외면한다. 하지만 저 고양이들은 어떤 불안도 없이 살고 있는가? 이 집 안에서라면 완벽하게 안전한가? 두 고양이가 깊은 숨을 쉬면서 자신들의 잠 속에서 빠져나오지 않고, 귀를 거스르지 않는 낮은 음악이 들린다. 너는 이 평온함이 곧 파괴될 것이라는 날카로운 예감에 사로잡힌다. 이런 칼날 같은 평온함에 대한 기시감이 있다. 이를테면 고요한 4월의 벤치에 봄꽃들이 너무 상냥하게 흩어져서 너는 이 세계가 곧 파괴될 것 같은 예감에 떨었다.

모든 불행들은 염치가 없고, 흰 시트에 묻은 붉은 얼

룩들은 시치미를 뗀다.

평온한 삶은 응급실에 가지 않는 삶이다. 가까운 누군가의 예기치 않은 사고 때문에 응급실에 간다는 것은 두려운 일이다. 그곳은 장터처럼 부산하며 가끔씩 찾아오는 약간의 고요는 소독약 냄새처럼 불길하다. 너에게 견딘다는 것은 응급실에 아직 가지 않은 삶을 지탱하는 것이다. 응급실 침상에 간호사들이 다급하게 다가와서 얼룩이 묻은 희뿌연 커튼을 치고 침상을 가리는 그런 순간이 들이닥칠 것이다. 그런 순간이 아직 오지 않았으므로 너는 기다린다. 무엇이 다가올 것인가에 대해 짐짓 무관심하면서…… 아침이면 밤을 기다리고 밤이면 아침을 기다리는 그런 무심한 기다림을 반복하면서…… 결국 기다리고 있다는 사실조차 잊어버리는 텅 빈 기다림.

정지된 오후의 뾰족한 정적.
견딜 수 있는 세월과 견딜 수 없는 세월 사이에는 아무것도 없다.

표정

너는 너의 표정을 사랑한 적이 없다. 거울을 보면 무방비 상태의 중력만이 작용하는 얼굴이 있다. 그 얼굴은 우울하기보다는 무표정하며, 거울을 의식하고 어떤 표정을 연기하면 더 가식적이고 텅 빈 것이 된다. 표정은 언어도 침묵도 아니며, 다만 무력한 태도이다. 거울이 아니라 미지의 시선이 있다면, 그 시선이 너의 표정을 응시하고 있다면, 너 자신도 참을 수 없는 공허를 들키게 된다.

고양이들이 완벽한 표정을 가졌다고 생각하는 순간이 있다. 소리를 내거나 하악거리거나 눈동자 주변에 눈물이 고이거나 빤히 너의 얼굴을 쳐다볼 때, 잠결에 얼굴을 찡그리거나 고요히 눈을 뜰 때, 표정을 발산하고 있다고 느낀다. 하지만 그 표정에 대한 해석은 대부분 터무니

없다. 고양이들의 표정 깊숙이 어떤 의미를 읽어낼 수 있다고 믿을 수 없다. 표정은 어떤 심연이 아니라 깊이 없는 백지에 가깝다.

깊이 없음만이 아름답고 완벽하다.

돌에 표정이 있다고 생각한 것은 옛날의 석공들만이 아니었을 것이다. 이끼가 끼거나 마모가 심한 돌, 혹은 저 그을린 돌들 앞에서 너는 돌의 표정을 얼핏 보았다고 생각한다. 오래 버려졌던 곳이나 하늘에 좀더 가까운 돌들은 표정이 있다고. 이를테면 여행지에서 본, 거대한 나무 뿌리가 파고든 옛 사원의 검은 돌과 유럽 어느 성당의 그을린 돌로 이루어진 외벽들. 시간조차 지워버리는 검은 돌들의 깊이 없는 표정. 잊지 말아야 할 죽음조차 잊어버린 돌의 표정.

우연히 도시의 외곽에 방치된 석불을 만난다. 석불은 어두운 물을 오래 가두고 있는 연못가에 있다. 얼굴이 뭉

개진 그 석불의 무표정이 네 앞에 있다. 얼굴이 뭉개진 석
불은 얼굴 전체에 붕대를 감은 것처럼, 얼굴을 수없이 덧
대었다가 다시 지운 것처럼 가늠할 수 없는 시간 속에 있
다. 표정은 아직 시작되지 않았거나 이미 소멸했으며, 네
가 떠올린 것은 고양이의 무표정과 죽은 이의 정지된 표
정이다.

마치 얼굴 이후의 얼굴이거나, 얼굴에서 태어나려는
얼굴이거나.

강아지

너는 그날 혼자 남은 하얀 몰티즈 강아지를 통증처럼 기억한다. 너는 그 강아지를 찾지 못한다. 지인이 그 강아지를 데려다 키운다는 어렴풋한 소식을 들었지만, 그 강아지를 보러 가거나 그 강아지를 데려오려 하지 않는다. 그 폐허는 깊이를 알 수 없다. 그 장소를 묘사하지 못한다. 묘사는 언제나 불가능하고 잔인하다. 가끔 그 강아지를 떠올렸으나 찾아볼 엄두를 내지 않는다. 똑같은 슬픔의 형식은 없다. 가장 날카로운 슬픔조차도 산만해지고 정체가 불분명해진다.

그곳은 마치 처음부터 폐허로 태어난 것처럼 보였다.
숨이 막히는 두 가지 질문
너는 왜 거기에 있었는가? 너는 왜 거기에 없었는가?

이집트인들은 고양이가 죽은 자를 보호하고 달의 운행을 주관한다고 믿었다.

그 강아지가 거실에 용변을 보거나 현관의 신발들을 흐트러뜨렸을 때의 기억은 이미 분명하지 않다. 단 한 번의 사건 때문에 강아지는 세상에서 절대적으로 유일한 강아지가 되었다. 그럼에도 불구하고 그 강아지도 다른 개들처럼 늙고 병들고 죽어갈 것이다. 그 강아지 대신에 다른 고양이들과 함께 살아가는 이유를, 너 자신은 알지 못한다.

너는 살아 있는 척한다.

얼굴도 모르는 친척의 결혼식이 열리는 주말처럼 텅 빈 사람은 매일 기억을 갉아먹는다.

딱딱하게 굳어버린 치약과 같은 공기 그을음이 묻어 있는 목장갑이 버려져 있다.

유령

존재한다는 것이 반드시 살아 있다는 것을 의미하지는 않는다. 어떤 것들은 존재하지 않는 것처럼 존재한다. 언제나 사라질 수 있는 고양이는 유령처럼 존재한다. 그 실체를 파악하기 어렵고 나타남과 사라짐을 예측할 수 없다. 보리는 풍성한 하얀 털을 갖고 있지만, 그 털 아래 몸의 부피를 정확하게 알 수 없다. 미용을 위해 털을 짧게 깎을 때면 저렇게 마른 몸을 갖고 있다는 사실에 새삼 놀라게 된다. 털이 깎인 보리의 몸은 난감할 정도로 작고 매끈해서 털을 깎는 것이 얼마나 폭력적인 일이었는지 너는 잠깐 후회한다. 그러나 얼마 되지 않아 보리의 몸은 몸통의 실체를 알 수 없이 풍성한 털로 뒤덮인다. 짙은 안개를 제 몸에 감고 있는 것처럼 그 형태는 제대로 잡히지 않는다. 단모종인 일다는 몸의 곡선은 날렵하지만 언제나 사람을 경계하고, 눈이 마주치면 쏜살같이 그 자리를 벗어나기 일쑤여서 몸을 만질 기회를 결코 주지 않는다. 일다는 사람의 손이 아닌 헝겊으로 감쌀 때만 잠깐 자신의 몸을 맡긴다. 두 고양이의 몸의 실체를 더듬는 것은 그래서 언제나 실패한다. 고양이 몸의 부피는 이 세상의 것이 아닌 것 같다. 고양이는 사라질 수 있는 몸을 가진다.

생전의 그림자들은 언제나 사라질 준비가 되어 있다.

유령처럼 느껴지는 고양이가 어떤 영혼의 빙의라고 생각하지는 않는다. 다만 너는 살아 있음을 확신할 수 있는 감각들이 가끔은 덧없다고 느낀다. 배가 고프거나 빨리 자란 손톱을 자르거나 머리칼이 희어지거나 두통이 다시 찾아오거나 그 모든 감각조차 실체를 증명하기 어렵다. 기억들은 이름 할 수 없는 희뿌연 시간 속으로 가라앉는다. 기억들은 단념한다. 단념이야말로 유령으로서의 삶의 방식이다.

너는 한때 고양이가 자신의 유령이라고 생각한 적이 있다. 하지만 너는 우연히 깨닫는다. 자신이 고양이의 유령이라는 것을.

진흙 위에서 파닥거리는 외래종 물고기.
너는 너 자신에 대해 동의한 적이 없다.

망각

너는 고양이에게 기억력이 있는가 궁금한 적이 있다. 고양이의 기억력은 인간보다는 높지 않지만 개보다는 높다고 한다. 고양이는 에피소드에 대한 기억력이 있다고 알려져 있고, 고양잇과 동물들은 몇 년 후에도 특정한 냄새를 기억할 수 있다고 한다. 보리와 일다가 헤어진 가족에 대한 기억이 있는지, 그전에 머물렀던 공간에 대한 기억이 있는지는 분명하지 않다. 고양이의 기억력이 인간보다 높지 않은 것은 오히려 현명한 것일지도 모른다. 보리와 일다의 기억력은 지극히 현재적이어서 지금의 숨을 공간, 지금의 동거인 냄새, 지금의 사료 접시에 대해서만은 아주 정확하다. 고양이의 기억력이 선택적이라는 것은 경이로운 장점이다.

너는 기억하기 위해서 말을 하거나 글을 쓰지 않는다. 너는 오히려 망각을 시도한다. 네가 삶에 대해 믿으려는 것은 망각의 힘이다. 어떤 기억도 정확하지도, 정밀하지도 않으며 계속 유지될 수 없다는 것을 알고 있기 때문에, 너는 고양이의 기억력을 갖고 싶어 한다. 가령 너는 그을음의 냄새를 잊은 적이 있던가. 오늘 점심의 적당한 밥집, 지금 부드러운 바람이 불어오는 저녁 산책길, 이 책상 위의 책갈피 정도만을 기억할 수 있다면 좋겠다고 생각한다. 이를테면 너는 일곱 번의 봄이 지났을 때, 생각하는 것이다. 몇 번의 봄이 더 지나야 무심하게 오늘의 기억에만 집중할 수 있나.

기억들은 두 번 실패한다.
먼저 기억에 실패하고, 다시 망각에 실패한다.

어떤 기억들은 나선형으로 지워진다.
어떤 기억들은 나선형으로 태어난다.

하나의 장면은 또렷했다가 흐려지고 다시 이상한 방식으로 불쑥 출현한다. 결국은 너의 육체와 함께 사라질 장면들이지만, 기억들은 이상하게 출몰하고 점멸한다. 기억들은 잠재적이어서 출몰하는 시점을 예측할 수 없다. 일다가 구조된 이면 도로를 지날 때마다 그날을 떠올릴 수 있지만, 일다가 그 기억을 간직해야 할 필요는 없다. 고양이에게 공격당했으면서도 늙은 고양이 보리를 따라다니고 여전히 사람을 경계하는 일다의 기억력은 설명하기 힘들다. 그 이면 도로의 보도블록과 차도의 경계에서 얼마나 많은 생명이 지나가고 죽어갔는지 가늠할 수 없다.

한참이 흐른 뒤 비슷한 장소에서 새 한 마리가 죽어 있는 것을 너는 본다. 꿩으로 보이는 조류는 우아하고 강렬한 외양을 갖고 있다. 깃털은 갈색과 검은색과 옅은 초록색이 조화를 이루고 있으며, 머리는 검고 눈 주위는 진한 붉은빛에다가, 목둘레는 하얀색으로 둘러져 있다. 갈색과 검은색 사이의 붉은색과 흰색이 선명한 채도를 갖고 있어서, 마치 잘 갖추어 입은 듯한 느낌을 준다. 몸이 보유한 빛깔들이 너무 강렬해서 잿빛 보도블록 위에 머리를 대고 누워 있는 장면은 더욱 기묘해 보인다. 한강이나 안양천에서 날아와 이곳에서 죽은 지 얼마 되지 않았을 것으로 너는 추측한다. 노란색의 두 눈은 꿈꾸듯 감겨 있다. 저 새의 마지막 기억이 창백한 푸른 하늘인지, 뻣뻣한 갈대밭인지, 잿빛 보도블록 너머의 깊이 없는 어둠인지 아무도 모른다.

우산으로 얼굴을 가린 소녀가 훔친 것은 다른 사람의 기억이었다.

너는 기억의 미래를 가질 수 없다.

복화술

너는 자신의 생에 대해 발언권이 없다. 네가 복화술사를 동경한다면, 인간의 말을 혐오하기 때문이다. 인간의 말은 대개 부주의하고 함부로 내뱉어진다. 말하지 않고도 말하려면 복화술사가 되어야 한다.

고대 사회에서는 죄인의 혀를 잘라 왕의 고양이에게 먹이로 주었다고 한다. 고양이는 입을 움직이지 않고 말하는 것처럼 보인다. 물론 큰 울음소리를 내거나 '하악' 거릴 때는 입을 벌린다. 하지만 정체를 알 수 없는 눈빛으로 무언가를 말할 때, 그 중얼거림을 들은 것처럼 느껴지고 고양이가 복화술을 사용하고 있다고 확신하게 된다. 목소리와 목소리를 내는 존재가 분리된 것처럼 보인다. 고양이의 언어와 침묵은 마술적이다.

노트북 키보드 위를 유유히 걸어가는 고양이가 만든 우연한 활자들.

우연한 것들은 무례하고 아름답다.

말들은 발작적인 기침 같거나 곧 뭉개질 케이크와 같다.

욕조의 마개를 뽑아버려서 물이 빠져나가는 것처럼 인간의 말이 빠져나간 몸.

고백조차 묻어 있지 않은 입술.

너는 '너였던 것'이 내는 소리와 결별한다.

메마른 흙먼지에 떨어지는 첫번째 빗방울.

침묵

너는 고양이를 보는 관객이 아니라, 고양이들 앞에서 인간의 옷을 걸친 단역 배우다.

이제 너는 누구인가? 한때 그랬던 것처럼, 고양이의 동거인이며, 고양이에 대한 관찰자이며, 혹은 고양이에 대한 기록자인가?

고양이가 자기 몸을 흔들어 물기를 털어버리는 것처럼 너는 자신의 이름을 온몸에서 털어낸다.

네가 고양이와 함께 산다는 것은, 한없이 고양이가 되어가는 시간이다.

육체는 여전히 낯설고 불면의 밤은 어떤 실체도 허물어버린다. 누구도 눈치채지 못한 낙엽의 고요한 낙하처럼 부드럽게 잠들 수 있는 밤의 숲이 있을까?

어떤 영혼이 있어서 그 영혼은 육체가 꺼진 다음까지도 남아 있다고 주장할 만한 힘이 남아 있는가?

검은 입술이 누워 있는 집.
잿더미를 뒤지는 시간들.

의식은 언제나 고독한 것인데, 고독을 의식하는 자는 고양이의 고독에 이르지 못한다.

모든 진술은 공허하고 묘사는 남루하다. 이야기는 대개 진부하며 비유는 허영에 가득 차 있고 논리는 무기력하다. 고양이의 말은 침묵을 투명하게 한다.

누구의 말도, 누구에게의 말도 아닌 고양이의 말.

과거와 미래 같은 것은 없는

진동하는 지금 이 시간의 말.

고통을 말하려는 자는 고통을 말할 수 없는 자이다.

너는 고양이처럼 말을 삼키고 무언가를 조금씩 뱉어
낸다.

너는 너의 삶에 속하지 않는다.

무너져 내리는 이 밤의 구심력.

깨진 창문 사이로 한꺼번에 빠져나가려는 공기들.

아직

고양이 보리와 일다는 아직 살아 있다. 살아 있다는 감각
은 신체의 리듬 문제이다. 사소한 심장 기형을 나누어 가
진 보리와 너의 심장이 아직 뛰고 있는 상태처럼. 아무것
도 지속되는 것은 없다는 것을 알면서도 지속되는 '지금'.

어떤 쨍한 오후는 최후가 임박한 날처럼 느껴지고, 어
떤 먼지의 날들은 이 무의미한 반복이 한없이 이어질 것
처럼 느껴진다. 분명한 것은 '아직'이라는 사실이다. 살
아 있다는 것은, 아직 죽지 않았다는 것, '아직 죽지 않
음'의 시간이 지속된다.

고양이에겐 시간 개념이 없다고 누군가가 주장한다.
하지만 인간의 시간이란 예기치 않은 부음처럼 터무니없

다. 인간의 시간은 짓눌린 시간이거나 현기증의 시간이다. 고양이의 시간은 다만 지금의 시간이다.

컵에 있는 물을 다 마셔도 갈증은 사라지지 않는다. 잔 밑바닥에 남아 있는 물기는 완전히 없어지지 않는다. 아직의 시간.

아침이면 집 앞 도로의 공사 때문에 소음이 들려오고, 저녁이면 어김없이 누군가의 둔중하고 무례한 발걸음의 진동을 느낀다. 자동차 바퀴가 물웅덩이를 거칠게 지나가는 소리, 문이 삐걱거리며 갑자기 닫히는 소리, 울음과 웃음을 분간할 수 없는 모호한 숨소리. 저 진부한 소음들 속에서 다른 시간은 찾아오지 않는다. 이 소음들은 한 세기 전부터 지속된 것 같다.

고양이의 삶은 불가능하지만,
고양이로서의 삶이 시작되는 시간은 아무 데서나 찾아온다.

우연한 것들만이 시간을 바꿀 수 있다.

비극은 소리 없이 비껴가고, 너는 고양이의 몸짓을 보고 날씨를 예측하는 노인이 될 수도 있다.

우연

한때 너는 고독의 밑바닥에 다다르기를 간절히 바랐으나 밑바닥 같은 것은 없다. 밑바닥이 없으니 도약도 없다. 그러나 우연히 모든 것이 달라지는 두려운 순간이 있다. 녹슨 감청색 철제 대문에 어느 하루 노란 테이프가 둘러져 있는 것을 보거나, 스무 마리의 고양이가 살고 있는 한강 공원으로 가는 저녁 산책길, 검은 물이 출렁거리는 강둑의 한곳에 그 노란 테이프가 둘러져 있는 것을 몸서리치며 보게 된다.

집 나간 늙은 개의 안부가 없는 3월
연둣빛 가까이 서 있는 검은 나무

이른 아침 희뿌연 거리에 아직 켜져 있는 가로등

부정확한 발음처럼 웅얼거리는 풍경

계단과 계단 사이 식지 않은 재

잿빛 이후의 색채

그을린 책의 냄새

땅에 닿기 전에 더럽혀지는

부주의한

눈

점멸을 반복한다.

너 자신에게 돌아오지 못한다.

산책

너는 나지막한 산을 오른다. 겨울은 끝난 듯했지만 봄은 시작되지 않았다. 겨울이 끝났다는 느낌은 막연했고, 봄이 시작되었다는 감각은 멀고 아득하다. 산책로의 입구를 찾기 위해 너와 한 사람은 여기저기를 기웃거린다. 철책 너머 산책로의 모습이 드러나 있지만 입구를 찾지 못한다. 검푸른 녹이 슨 거대한 철문은 닫혀 있다. 어떻게 철문 너머로 갈 수 있을까. 너는 조금 당황했지만, 한 사람이 말한다.

"철문은 이미 열려 있는지도 몰라."

닫혀 있다고 믿었던 철문의 고리가 열려 있는 것을 그제야 발견한다. 장난스러운 속임수처럼 철문이 무심하게 열린다.

　너는 앞서서 걸어가는 한 사람을 본다. 그 사람이 뒤처질 때도 있다. 산책로가 좁기 때문에 나란히 걸어가는 건 불가능하다. 한 사람의 뒷모습을 따라가는 것은 조금 더 숨이 가쁜 일이고, 앞서서 걷다가 한 사람을 돌아다보는 일은 미묘한 불안을 감당하는 일이다. 한 사람이 따라오고 있다는 것을 완전히 확신할 수 있는 걸음걸이는 없다. 아주 가끔 등산객들이 스쳐 지나가지만, 산은 고즈넉하고 산 아래의 놀이동산에서 들리는 들뜬 소음들이 저 세상의 이미지처럼 점점 멀어져간다.

　몇 개의 작은 능선을 넘었고, 그 능선들은 거대한 무덤의 일부일지도 모른다고 잠시 생각한다. 어디쯤에서는 돌아가야 한다는 것을 알고 있다. 너는 멈추는 시점을 생각한다. 네가 멈추면 한 사람도 멈출 것이다. 어디에서 돌아가야 할 것인가를 정확하게 알 수 있는 산책은 없다. 출발의 시점은 의지의 문제이지만, 멈추는 시점은 어떤 예측할 수 없는 힘이 작용할 것이다. 멈출 수 있음과 멈출 수 없음의 무기력 사이에서, 너는 한 사람의 옆모습을 확인한다. 오후의 무심한 빛이 옆모습의 실루엣을 만들어낸다. 어떤 시간도 처음으로 만들어버리는 옆얼굴.

산책의 마지막 언덕길이라고 느껴지는 오르막 끝에서 숨을 고르기 위해 고개를 들었을 때, 너를 내려다보는 시선을 발견한다. 작은 정자 앞에서 갈색 고양이 한 마리가 오르막을 오르는 두 사람을 지긋이 내려다보고 있다. 마치 이 산의 오랜 주인이 손님을 맞이하는 것처럼. 너와 한 사람은 이 세상 밖의 이미지를 마주한 것처럼 잠시 놀란다.

모든 고양이는 주술적이고 산속에서 우연히 마주친 고양이라면 그 주술은 더욱 강력해진다. 고양이는 두 사람이 속해 있는 세계보다 더 먼 곳에서 온 것 같다. 고양이는 두 사람을 피하지도 않고 정자 쪽으로 안내한다. 그 정자에 앉아 고양이와 함께 두 사람은 다른 세계의 공기를 느낀다. 고양이의 털을 잠시 쓰다듬다가 함께 어떤 제의처럼 음악을 듣는다. 음악은 공기 속으로 퍼지지 않고 몸 안에 공명한다. 잠시 후 한 무리의 등산객이 소음을 내며 그곳을 지나쳤지만 너와 한 사람은 아랑곳하지 않는다. 빛이 이제 두 사람과 고양이의 어깨에 다른 윤곽을 부여한다. 한 사람은 고양이의 말처럼 중얼거린다.

"빛이 있는 건 그림자를 만들기 위해서지."

산은 다시 완전한 침묵 속으로 진입하고, 두 사람은 이 침묵에 저항하지 않는다. 이 순간은 아무 의미도 없어야 했지만, 동시에 모든 의미의 텅 빈 가운데에 있다. 두 사람은 완벽하게 혼자가 되었고, 혼자인 채로 서로의 세계로 스며든다.

어떻게 이곳이 세상의 끝이라는 걸 알 수 있을까.

시작할 수 있을까.

이후

누군가의 삶이 너의 삶을 지우고 있다.

시간이 마침내 너의 온몸을 통과한다. 모든 사물과 풍경과 그림자는 무의미해졌으나 모든 순간 한없이 반짝거린다. 몸은 가벼워지고 작은 소리에도 신경이 예민해져서 경련한다. 세상은 이제 간결한 회색빛이며 시야는 한없이 멀리 뻗어가고 싶어 한다. 베란다 창밖으로 철새 한 마리가 하늘을 가로지르는 것을 보고 몸이 결정적인 도약을 준비한다. 이 집중된 시간만이 생의 모든 것이다.

우연한 빛이 다시 창으로 쏟아진다. 너는 마치 사후의 걸음걸이처럼 그 빛 사이로 걸어 다닌다. 너는 그 외에는 아무것도 하지 않는다. 두 마리의 고양이와 그 고양이와 함께 살았던 사람에 대해 생각지 않는다. 너는 햇살 사이의 너의 고요한 걸음걸이도 의식하지 않는다. 너는 이번 생을 생각하지 않는다. 너는 시간을 생각하지 않는다. 너는 도처에 있다는 것을 느낀다. 너는 너 자신에 대해 비밀이 된다.

나는 고양이 이후의 생이다.

작가의 말

　고양이는 지나치게 매혹적인 존재이지만, 그 아름다움에 대해 다 알지 못한다. 몇 해 전부터 사로잡힌 생각은 '고양이 하기' '고양이 되기'로서의 글쓰기가 가능한가 하는 것이다. 가망이 없는 것이어서 시도하고 싶어졌다. '사실 없는 자전'으로서의 익명의 에세이는 여기 존재하겠지만, 이 책을 쓴 한 사람에 대해서는 잘 이해하지 못한다. 그 한 사람에 대한 1인칭이 불가능해서 이 글쓰기는 끝없는 2인칭의 세계일 수밖에 없다. 그럼에도 불구하고 다른 감각의 세계로 이끈 '너', 시간을 처음으로 만든 '너'에게. '보리'와 '일다'라는 이름의 고양이, 혹은 세상의 모든 고양이들에게.

2019년 7월
이광호